自由を求めた
第三王子の
勝手気ままな
辺境ライフ
著 おとら

アスナ
クレスの幼馴染。元気で猪突猛進な性格。
クオン
黒狼族《こくろうぞく》という種族の獣人。高い身体能力を有する。
クレス
本作の主人公。自由な生活を求めて、わざと辺境に追放され、領主となった。
CHARACTERS

タイガ
辺境に住む虎族の獣人。人族のことを信用していない。
マイル
辺境の前領主。クレスの補佐を務めることになった。
アーク
クレスの幼馴染で親友。槍を使った戦闘が得意。

一章　転生王子、狙って追放される

……いよいよか。

国王である父上――アレックス・シュバルツに玉座の間に呼び出された俺は、とあることを確信する。

玉座の間には大臣や貴族がいて、緊張した面持ちをしていた。

「クレスよ、お主を西の辺境、ナバールに封《ふう》ずる！　暑さの厳しい土地で、その性根を叩き直してくるがいい！」

「な、なぜです⁉　俺が何をしたというのですか⁉」

父上の言葉を受けて、俺はオーバーなリアクションを取った。

「何をだと？　お前と来たら、来る日も来る日もダラダラと過ごしおって……たまに動くと思ったら、城下町に出て遊んでくるわ、変なものを拾ってくるわ……我が国の第二王子としての自覚が足りん！　今年で十五歳になり成人したというのに！」

「そ、そんな！　そこをなんとか！」

「む、むぅ……いや、お主が生活態度を改めるなら、私としても……」

俺の懇願《こんがん》に父上は譲歩《じょうほ》の姿勢を見せる。

しかし、王太子《おうたいし》であるロナード兄上が父上の言葉を遮《さえぎ》った。

「いけません、父上」

「ロナードよ、しかし……」

「そう言って、何度目ですか？　これ以上甘やかしてはなりません。いくら、アメリア様……母親を早くに失っているからといってこれ以上ダラけられては、私も妹も国民に顔向けできません」

兄上は、父上に対して許可もなく意見する。

これは兄上が王太子だから許されることだ。他の者がやったら罰《ばっ》されるだろう。

第二王妃である俺の母親は、俺が五歳の時に亡くなっている。

それゆえか、俺がそれなりに甘やかされていたことは確かだ。

「う、うむ」

「やはり追放しかありません。その地で、根性を叩き直させましょう」

「……分かった。ではクレス、先ほどの言葉通り、お主はナバールへ追放だ！　先方の領主には話をつけてある。護衛が来るまでは荷物をまとめて部屋で待機しておれ」

「ちぇ、分かりました。はいはい、追放されてあげますよー」

俺は不満そうな表情をしながら、玉座の間から出て行く。

そんな俺の態度に、皆が失望している様子だ。

俺はその表情を維持したまま、自分の部屋へと戻り……ベッドの上に飛び込む！

「いやっほー！　追放ダァアア！　ようやく念願が叶ったぞぉぉ！」

そう、今回の追放は俺が仕向けたことだ。

俺は静かで庶民《しょみん》的な生活をしたい。

そのためには、第二王子というこの地位は邪魔である。

だから、あの手この手を使って追放されるように頑張ってきた。

「ふふふ、ようやく実を結んだぞ。これで、この窮屈《きゅうくつ》な生活とはおさらばだ」

城の中に閉じ込められて、毎日毎日退屈な授業、無駄なお稽古《けいこ》……どれもが苦痛だ。

こちとら、日本では庶民をやっていた身なのだから。

ベッドの上でゴロゴロしながら、この世界に来ることになった時のことを思い出してみる。

◇　◇　◇

……うん？　ここは……？

なにやら、目の前には大きな門がある。

辺りを見回すと、そこは真っ白い空間だった。

「……ここはどこだ？」

「ここは死後の世界ですよ」

振り返ると、そこには六枚の翼を広げた綺麗な女性がいた。

その神々《こうごう》しい姿は、この世のものとは思えない。

「……天使？　あっ……俺って死んだのかな？」

「ふふ、惜しいですね。私は女神です。そして……残念ながら、あなたは死んでしまいました。あなたは先ほど、トラックに轢《ひ》かれそうな子犬を助けましたね？」

「……ああ！」

その瞬間、俺の頭の中にある記憶が蘇《よみがえ》る。

確か俺は、外回りの営業中に猛《もう》スピードで信号無視をするトラックを見て……そのすぐ側に子犬がいたのを発見したんだ。

その後の記憶はないが、おそらく無意識のうちに助けに入ったのだろう。

たぶん、その少し前にずっと飼っていた犬を亡くしたから。

「思い出したようですね？」

「え、ええ、一応。ただ、断片的にしか覚えてないですね」

「どうやら、トラックの運転手がうとうとしながら運転をしていたようです」

「なるほど……まったく、迷惑な話ですね。それで、運転手と子犬はどうなったのですか？」

「残念ながら、あなたが飛び出したことに驚いたトラック運転手は急ハンドルを切り、そのあと電柱に激突し、運転手も子犬も亡くなってしまいました」

「……では、俺は無駄死にだったということですか」

「いえ、そんなことはありません。あなたに気づいたから、進路が変わったのです。あのまま突っ込んでいたら、下校中の小学生達に突っ込んでいましたから」

「そうなのですね。それならよかったです」

「先ほどから思っていたのですが……随分《ずいぶん》と冷静ですね？　これは夢ではありませんよ？」

……そういや、割と冷静だな。

まあ、これといって生きる希望があったわけじゃないのが理由だろう。

中学に上がる頃に両親は離婚したし、俺を引き取った母親も中学を卒業した時に新たな恋人と出て行った。

それから、たった一人で生きてきたから、身内と呼べる人はいなかった。

中卒で働き始めた俺に選べる職など当然なく、毎日会社と家を行ったり来たりするだけの日々。

それが二十数年続き、気づけばアラフォーだった。

もちろん友人や恋人がいるわけでもなく……やめよ、悲しくなってきた。

「いや、死にたいと思っていたわけじゃないですけど……特に生きたいとも思ってなかったので」

「……そうですか」

「それで、俺は天国に行けるのでしょうか？」

もしこれで地獄《じごく》行きとかだったら、流石《さすが》に悲しすぎる。せめて、天国で幸せに暮らしたい。

「ええ、天国には行けるので安心してください。ところで……一つ、私の提案を聞きますか？」

「はい？　……なんでしょうか？」

「あなたは結果的に多くの命を救いました。ゆえに、私個人から褒美《ほうび》を与えることができます……異世界転生をする気はありますか？」

「異世界転生……それって、魔法とかがある？」

「ええ、あなたが頭の中でイメージしたものと相違ないかと。人間族以外にも、様々な種族がおります。魔物や魔法などがあり、冒険者がいたり、ダンジョンなんかもあったりします」

「そうですか……でも、命の危険とかもあるってことですよね？　あと、使命とかあったら面倒です」

「魔物がいて命の危険は少しありますが、使命は特にはないですね。それと一応褒美なので、あなたが望んだそこそこの身分の者として生まれるようにはします。あとは特殊な才能つきです。なので、ある程度は安心して過ごせますよ」

なるほど……それなら、平穏《へいおん》な日々を送ることができそうだ。

正直言えば、そういう物語は読んできたから憧《あこが》れはあるし。

「ありがとうございます。なら、転生でお願いいたします」

「では、記憶の方はどうしますか？　脳の深層《しんそう》に格納《かくのう》し、徐々に思い出すタイプか、最初からあるタイプかで選べますが……」

「記憶ですか……」

どうする？　あった方が知識的には生きやすいし、俺自身も第二の人生を楽しめる。

ただ、最初からあるのは……どうにも抵抗がある。

「では、ある程度の年齢、例えば十歳になったら取り戻すパターンはできますか？」

「構いませんが、理由を聞いても？」

「理由はいろいろありますが……赤ん坊から始めると……まあ、少し恥ずかしいというか」

それこそおっぱいを吸ったり、赤ちゃん言葉を使ったりすることになる。

流石にそれは、アラフォーの身には辛いものがある。

「ふふ、それはそうですね。でも、幼少期からではないのですね？」

「それもいいんですけど……たぶん、違和感がある子供になってしまう気がします。生前の俺は不器用だったので、前世の記憶があることを隠せないかと。そうすると、気味が悪い子供だと思われる可能性が……下手な嘘《うそ》をついたり、わざと人との関係を避《さ》けてみたり……そんなことをして、新しい家族に嫌われたくありません」

「なるほどなるほど……ある程度歳を取ってからなら、上手く対応できるというわけですか」

「ええ、たぶん……怪しいですけど。少なくとも、赤ん坊から始めるよりはマシかと」

「分かりました。それでは、そのように転生させましょう」

「すみません、いろいろとお手数かけます」

「ふふ、いいんですよ。子供達を救ってくれたお礼ですから。それでは、よき転生生活になるよう願っています」

するとと、俺の体が足元から光り出してゆっくりと消えていく。

「あの！　ありがとうございました！　今度こそ、平穏な日々を過ごしたいと思います！」

◇　◆　◇

確か、こんな感じの会話だった気がする。

「というか、『そこそこ』で第二王子っておかしくない？　おかげで、いろいろと苦労する羽目に……」

十歳で記憶を取り戻した俺は、自分の立場に戦慄《せんりつ》した。

第二王子はロナード第一王子のスペア扱いで、迂闊《うかつ》なことはできない。

才能を発揮《はっき》したり、功績《こうせき》を挙げたりすれば兄上と敵対することになってしまう。

「……まあ、いいんだけどさ。俺は兄上と争いたくはないし……家族同士争うのも見たくない」

記憶を取り戻す前は何も考えずに無邪気に過ごしていて、剣や魔法の鍛錬《たんれん》をしていた。

だが記憶が蘇ったことで、それらをやめてダラダラすることを決めた。もし才能がバレてしまえば、兄上に敵視されてしまうからだ。

まあ、そもそも魔法や戦いの才能はなかったからいいんだけど……神様は特殊な才能をくれるって言ってたんだけどなぁ。

「まあ、いいや……とりあえず、これからはのんびりと自由に過ごすとしようか」

もふもふに囲まれたり、だらだらと寝たり、美味《おい》しいものを食べたり……

つまりはスローライフを！

さて、出て行くなら、ささっと行くか。

挨拶《あいさつ》したい人は何人かいるけど、迷惑はかけたくないし。

「主人殿」

聞き馴染《なじ》みのある女性の声がして振り向くと、そこには和服を着たクオンという、俺の専属の付き人がいた。

ちなみにこの服装は遠い国の伝統衣装だそうだ。俺以外にもこの世界にやって来た日本人がいたのかもしれない。前世で和服キャラが好きだった俺は、付き人のクオンに、その服を着てもらっている。

黒狼族《こくろうぞく》という種族の獣人で、恐ろしいほど整った容姿。

その立ち姿は、見慣れている俺でも目を奪われるほどだ。

烏《からす》の濡《ぬ》れ羽《ば》色の長い髪で、身長は俺より少しだけ高く、百七十センチ以上ある。

頭もよくて強いし、隙《すき》がないって感じだ。

「ちょっ、いつの間に⁉」

「ふふ、相変わらず隙が多いですね」

「仕方ないじゃん、俺には武道の才能はないし」

「そうですね。まあ、そのために私がいるので」

クオンは涼しい顔で言う。

クール系美人だから、そういう感じが似合うけど。

「いや、いいけど……というか、いつからいたの？」

「主人殿がベッドの上でヒャッホーしてる時からです」

「……最初からじゃん！　えっ⁉　何してんの⁉」

「気配を消して眺《なが》めてました」

クオンはなぜかドヤ顔でそう言った。

こういうお茶目な部分は相変わらずだ。

「……というか、いるんなら荷物整理に付き合ってよ」

「ええ、分かりました」

「とりあえず、ささっと王都を出て行くから。父上は護衛をつけるって言ってたけど、そんな面倒な者はいらないし」

というか、追放される俺についてこさせるのは可哀想だ。

何より、俺は自由に過ごしたい。

本当は親友のアークにも挨拶したいけど、早く出て行った方がいいだろう。

「おっしゃる通りかと」

「んで、クオンはどうする？」

「……どういう意味ですか？」

「いや、そのままの意味だよ。もしあれなら、ここで解放って形にする？」

クオンは迷子になっていたところを人族に捕らえられ、奴隷《どれい》として売られていた。

それを五年前、ちょうど俺が記憶を取り戻した頃に引き取ったってわけだ。

理由は、絶対に裏切らない相手が欲しかったから。

だが、もう解放してあげてもいいだろう……こんな俺のために、今まで頑張ってくれたし。

「こ、断ります！　私はずっとあなたのお側にいますからね！」

「そう？　まあ、それならそれで助かるよ、俺としてもクオンがいてくれるなら心強いな」

なにせ武道の達人で気配にも敏感なので、いろいろと助かる。

「へっ？」

「どうしたの、ぽかんとして」

「い、いえ！　なんでもありません！　まったく、何を言うかと思ったら、解放するなんて……」

「いやクオンなら、もう一人でも平気だと思って。それに、住みなれたここを離れることになるし」

すでに、その強さは冒険者ランクB級だ。ランクはF、E、D、C、B、A、Sと上がっていくので、上から三番目となる。彼女には並の兵士が束になっても勝てないだろう。

それだけ強ければ、そうそう人族に捕まることもない。

「確かに、もう一人でも平気ですけど……主人殿は弱いので、放ってはおけません」

「ぐぬぬっ……」

「そもそも、らしくないです。私が必要なら、命令してくだされればいいのです」

……ふむ、どうやらまだ一人は不安ってことかな。

なるほど、クール系美少女に成長したけど、可愛いところあるじゃん。

「んじゃ、引き続きよろしく頼むね」

「ふふ……はい、私にお任せください」

そう言うと、クオンは嬉しそうに微笑んだ。

俺としては解放した方がいいかと思っていたが……クオンの気持ちはよく分からないな。

◇　◆　◇

そのあと、俺が出て行く準備を済ませると、ノックもなしに思い切り扉が開く！

「クレスッ！　どういうことよっ⁉」

そこには俺の幼馴染《おさななじみ》にして、公爵令嬢《こうしゃくれいじょう》である、アスナ・カサンドラがいた。

「うげぇ⁉　アスナっ⁉」

「うげぇって何よ！」

アスナは俺に詰め寄ると肩を掴《つか》んで揺さぶってくる。

「分かった！　分かったから肩を揺らさないでぇぇ！」

アスナは長い赤髪をポニーテールにし、強気な瞳《ひとみ》に身長は低いが、猫のようなしなやかな身体をしている。

美少女だが、猪突猛進《ちょとつもうしん》で手が出やすいのが難点である。

ちなみに胸のことを言ったらダメである、絶対にダメなのだ。

「こんにちは、アスナ様」

「クオン、久しぶりね。また時間があったら鍛錬するわよ」

「ええ、お願いいたします。ですが、これからは難しいかと」

クオンの言葉で、アスナは俺に向き直り問い詰める。

「そう！　それよ！　ちょっと説明をしなさい、さっき噂《うわさ》になってたわ」

「もう噂になってるのか……まあ、そのままの意味だよ、俺は辺境に追放されるんだ」

「どうしてよ？　確かにクレスはダメダメダメだけど……」

「うん、合ってるけどダメダメとか言うなし」

「うるさいわね！　本当のことでしょ？　でも……追放されなくてもいいじゃない」

アスナはそう言い、両手の拳を握りしめて俯《うつむ》いてしまう。

どうやら、幼馴染として心配してくれたらしい。

なんだかんだで、優しい子だな。

「ありがとね、アスナ。でも、これでいいんだよ。俺がダメな王子なのは合ってるし、ここにいるといろいろと面倒だ」

「でも……会えなくなるわ」

「たまにだけど、そのうち帰ってくるさ。兄上も婚約したし、子供でもできればね。そしたら、もしものための世継ぎとして期待されることも少なくなってるだろうから」

「やっぱり……それが原因なのね？」

「うん？　どういうこと？」

俺が聞き返すと、アスナは首を横に振った。

「ううん、分かってるから」

「だから何が……って、どうしたの？」

アスナが俺の手を握り、上目遣《うわめづか》いをしてくる。

不覚にもドキッとしてしまうクレス君です。

仕方ないじゃないか！　こちとら年頃なんだから！

……そもそも、前世を含めて女の子に対する免疫《めんえき》がないのです……

「クレスも寂しいのね？　よし！　決めたわっ！」

「いや、これは違くて……って、何を決めたの？」

「何も言わなくていいわ。こうしてはいられない！　それじゃあねっ！」

「おーい……相変わらず、人の話を聞かない子だなぁ」

アスナは俺の部屋から飛び出して行ってしまった。

そのあと、荷物をまとめ終えた俺は、護衛が来る前にクオンを連れて城を抜け出すのだった。

◇◆◇

王都を出る前に、俺達はとある建物に寄る。

俺が扉をノックすると、すぐに年を召した女性が出てきた。

この建物——孤児院を経営している教会のシスターであるヘレンさんだ。

「あら、クレス君。今日はどうなさったのかしら？　いつものように変装をしてないけど」

「突然ですいませんが、王都を離れることになりまして……その挨拶に来ました」

ここは俺がたまにお忍びで来ていた孤児院だ。

俺を生んだ母は、ここでシスターとして働いていた。

そこを父に見初《みそ》められて第二王妃になったとか。

その関係もあり、母を早くに亡くした俺にとって、この孤児院は安らげる場所だった。

「そうなのね……じゃあ、望みは叶ったのね？」

「ええ、予定通り、追放される形になりました」

母の恩人であるヘレンさんにだけは、事情を説明してある。

いずれは、王都《ここ》を出て行くつもりだということを。

「でも、それでいいのかしら……」

「いいんですよ、これで。兄上や姉上にとっても俺は邪魔でしょうから」

今の王族の中、俺だけがある意味で一人ぼっちだ。

兄上と姉上は第一王妃の子供で、俺は第二王妃の唯一の息子だ。

俺の生みの母も俺が物心つく前に亡くなってるし、第一王妃も三年前に亡くなってる。

俺の不器用さも相まって、俺は異母兄弟と微妙な距離感があるってわけだ。

「そんなことないと思うわ。それはきっといろいろな誤解があるのよ」

「だとしてもいいんですよ。別に王妃様のことも恨んでないですし。兄姉《きょうだい》とは今くらいの関係の方が気楽です」

信頼する従叔父《いとこおじ》から聞いたところ、第一王妃様が母に意地悪をしたわけでもないらしい。

それに、俺ではなくて息子を王位につけたいっていうのは自然なことだと思った。

だからこそ俺は、無能を装って静かに過ごそうと思ったわけだし。

まあ、元々無能なんですけど！　コホン……何より、もう家族で争うのは嫌だ。

前世の頃も両親が喧嘩《けんか》ばかりしてるのが嫌だった。

「そう、決めたなら仕方ないですね」

「ええ、それではそろそろ行きますね」

「分かりました。また会える日を楽しみにしてます」

「はい、今までお世話になりました」

俺はきちんと礼をして、その場をあとにする。

そして少し離れた場所で、クオンと合流する。

実は、俺はお世話になったお礼としていくばくかのお金をこっそり置いておくよう、クオンに指示していたのだ。

「クオン、首尾はどうだ？」

「言われた通りに、シスターの机の上にお金は置いてきましたよ。でも、よかったのですか？」

「うん、正面切って渡したら受け取ってもらえないだろうし。それに、これからは自分で稼ぐことにするさ」

「おやおや、万年Fランクの冒険者が何か言ってますね」

俺は成人した際に、いざという時のために冒険者ギルドに登録した。

無論、まだ一度も依頼を受けたことはないし、王都から出たこともない。

もし依頼をこなしている際に、魔物に襲われて怪我でもしたら、いろいろな人に迷惑がかかる。

流石の俺も、そこまでは無責任じゃないしね。

「ふふん、これからのし上がってみせるさ……たぶん」

「ふふ、期待してますよ。平気です、私がお守りしますから」

……情けないことに俺は弱い。武道の腕もなければ、武器を扱うのも苦手だ。

魔法も大して扱えないし、頭は……悪くはないと思うけど。

◇◆◇

孤児院にお礼として渡したお金の残りで馬を二頭借りて、王都を出発する。

片方にクオンと二人で乗って、片方には荷物だけを載《の》せる形だ。

荷物の中には、衣服や、道中での野宿生活を生き抜くためのナイフや調味料が入っている。

そして街道沿いを進み、数十分が経過し……ようやく一息つく。

「ふぅ、もし監視してた人がいたとしても、ここまで来れば追ってこれないでしょ」

「ええ、そうですね……むっ、何か来ますね」

「えっ？　なになに？」

すると、北の方角の森から何かがやってくる。

それは緑色の皮膚《ひふ》の小鬼だった。

その時、俺の体に異変が起きる。

体全体が熱くなり、何やら力が溢《あふ》れてくる……なんだこれ？

「ゴブリンですか。片付けて参りますので、主人殿はここにいてください」

「う、うん。でも……」

体の変化に戸惑いつつクオンに返事をする。

「平気ですよ、私がお守りしますから」

「いや、そうじゃなくて……」

「いきますっ！」

背中にある大剣に手を添えたクオンが地を這《は》うように駆け出し、ゴブリンとすれ違う。

すると、ゴブリンの胴体と下半身が分かれ……魔石となる。

俺の目からでは、いつ大剣を振り抜いたのか分からなかった。

魔物は死ぬと魔石というものになる。そのため厳密には生き物ではないらしい。

前の世界でいう動物は、この世界では魔獣と呼ばれる。

「おおっ～凄いねっ！」

「ふふ、ありがとうございます。そういえば、こうして目の前で戦うのは初めてでしたか。そもそも、魔物に会うのが初めてですよね？」

そう言い、照れ臭そうに頬《ほお》を掻《か》いてから、聞いてくるクオン。

クオンの言う通り、俺が魔物に出会うのは初めてだ。

「そりゃ、そうさ。兄上が結婚するまでは、代わりである俺は流石に危険なことはできないし」

「そうでしたね。おや、まだいましたか」

「ほんとだね……あれ？」

再び森の奥から、ゴブリン二体が出てくるのが見えた。

そして、再びあの感覚がやってくる。

そこで俺は思い出す。

そうだ、これは魔力鍛錬を始めた時の感覚……もしかして、魔法の才能が目覚めたのか？

「では、片付けてまいります」

「ちょっと待って……俺がやってみるから」

「……何を言ってるんですか？　今はふざけてる場合じゃないです。主人殿は戦う術《すべ》をお持ちではないんですから」

「まあ、見ててよ」

深呼吸して……うん、たぶんこれがそうだ。

この感覚のまま、あとは放てばいい。

「ギャギャ！」

「ケケ！」

「〈アイスショット〉！」

「グキャ⁉」

俺の掌《てのひら》から氷の玉が放たれ、それがゴブリンの頭を貫いた。

そして、二体とも魔石となる。

「へっ？」

「ふぅ、できたね」

魔法だったからか、意外と命を奪《うば》ったことへの忌避感《きひかん》もない。

これまで才能が発揮されなかった理由がようやく分かった気がする。

たぶん、危険が迫ることが条件だったのかもしれない。

あの女神さんも、面倒なことを……いや、そうでもないか。

幼い頃に才能が発揮されていたら、もっと面倒なことになってたかも。

それを見越して、こういう設定にしてくれたのかもね……知らんけど。

「へっ？　今手から撃ち出された透明なものは……まさか氷？　……つまり、氷魔法？　水魔法使

いの方々が、いくら研究してもダメだったと言われる……どうして使えるのですか!?」

大声を上げるクオンを見て、俺は慌てる。

しまったァァ！　言い訳しないと！

俺自身も、まさか使えるとは思ってなかったし！

しかも、それが希少な氷魔法だなんて。

この世界の魔法は基本的に火、水、風、土、光、闇という六つの属性に分類される。

氷魔法は、伝説上の高名な魔法使いが使えたのみで、再現できない魔法と言われていた。

「いや……そうですか、ここまで完璧《かんぺき》に無能を装っていたのですね。私にまで隠して……いや、誰にも言わないで」

「へっ？　い、いや、そういうことじゃなくて」

「何も言わなくていいです。ふふ、私の見る目は間違ってなかったということですね」

「だから……」

「いいですって。しかし、これは隠しておいて正解でしたね。ロナード様が王太子になる前に才能がバレていたら王位争いに……はっ！　まさか、そこまで見越しての行動だったとか」

やめてぇぇ！　キラキラした目で見ないでっ！

使えるのを今まで知らなかっただけなんですって！

……とりあえず、言い訳をするのは諦めた。

何を言ってもいい方向に取られちゃうし、ドツボにはまる気しかしない。

こうなったら開き直って、どんどん魔法を使っていく方向にしよう。

「それで、魔力はどれくらいあるんです？」

「うーん、今まで使ってなかったから分かんないなぁ。その辺りも、これから試していくつもり。だから、引き続き護衛はよろしくね。相変わらず、武術系はダメだからね」

「ええ、お任せください。よかった、私の役目はまだありましたか」

「当然だよ。というか、別に役に立つから連れてるわけじゃないよ。俺はクオンにいてほしいから側に置いてるんだからさ」

「主人殿……はい、これからもお側に」

「というか、そんなにかしこまらないでよ。いつもみたいにしてくれた方が楽だし」

「ふふ、分かりました。それでは、尻を叩くとしましょう」

「ほ、ほどほどに……」

そして、さらに進むこと数時間後……流石にお腹が空いてくる。

朝ご飯を食べてすぐに呼び出されたから、今はお昼過ぎくらいの時間かな？

ドワーフ特製の懐中時計を見ると、針は十四時を指していた。

ちなみに、この世界の一日は前世の地球と同じで二十四時間だ。

「うん、いい時間だね。いや、時計だけは持ってきておいてよかった」

「そうですね、流石に時間が分からないのは困りますし。さて、お昼ご飯はどうしますか？」

「うーん、手ぶらで来ちゃったからなぁ。近くには魔獣も見当たらないし……クオン、川とかは近くにある？」

俺がそう聞くとクオンは耳を動かし、何かを確認する。

獣人の耳は人とは違い、繊細《せんさい》な音を聞き分けることができるのだ。

「……ありますね。ここからそう遠くない位置に」

「おっ、ありがとう。それじゃあ、そこに行こうか」

クオンの案内のもと、俺達は川へと移動を開始する。

森に入って少しすると幅五メートルほどの川があった。

「おっ、この先の山から来てる感じかな？」

「ええ、ここの水ならそのままで飲めるかと」

獣人族は鼻も人とは違い、食べたり飲んだりしていいものかを感覚的に判断できる。

はっきり言って、付き人としてこれほど心強いことはない。

「さっきの水の音もそうだけど、相変わらず凄い能力だよね」

「ふふ、ありがとうございます」

人族に近い容姿をしていながらも、体は頑丈でこうした強みも多い。

だからこそ、獣人は奴隷として捕まえられてしまうことがあるのだ。

もちろんうちの国では奴隷だとしても手厚い待遇で雇っている……一部を除いて。

「さて、まずは喉《のど》を潤《うるお》して……プハッ！　くぅ～美味い！」

「どれ、私も……美味しいですね。この気温ならなおさらのことですし」

「この大陸は基本的に暑いからね。海に近い南にある国はましだけど、他の国やこれから行く西側は暑くなるって話だよ」

現在のこの大陸には冬や雪、氷というものはなく、文献でその存在が確認されるのみである。

基本的に一年中暖かく、場所によってはさらに暑くなる。

数百年前まではそうではなかったらしいので、おそらく温暖化というやつだろう。

「今からそこに行くわけですね。早速、氷魔法が役に立ちそうです」

「それはそうかもね。ところで、川の中に何か生き物はいる？」

「いますけど……どうします？　釣竿《つりざお》なんかもないですし、流石に直接獲《と》るのは難しいかと」

「結構、深そうだもんね。……クオン、俺の命令は聞けるかな？」

「こ、怖い顔ですね……何をするつもりですか？」

「まあまあ、俺に考えがあるからさ」

「……仕方ありませんね、覚悟を決めるとしましょう」

……うん、なんか滑稽《こっけい》だね。

水面に浮かぶ氷の上で滑らないよう踏ん張っているクオンを見て、俺はそんな感想を抱いた。

自分で提案してなんだけど、これで上手くいくのかな？

俺が何をしたかというと、氷魔法を使って川の一部を凍《こお》らせたのだ。

そしてそこをクオンが渡って、そこから尻尾を垂らして餌《えさ》のように動かし、魚を釣り上げる作戦だ。

「く、屈辱《くつじょく》です……このような辱《はずかし》めを受けるなんて……」

「いや、紛らわしいことを言わないでよ。これくらいしか方法が浮かばなかったし」

「だとしても、尻尾を釣り糸代わりにするなんて……！」

「ほらほら、尻尾を振って」

俺は魚を受けとめるための葉っぱの皿を持ちながら、クオンにそう指示を出す。

「うぅー……エッチなことをされたって、アスナ様に言わないと」

「やめてぇぇ！　俺の首が飛んじゃうから！　あの子は冗談が通じないんだし！」

「ふふ、それもそう……あっ！　き、来ました」

クオンは上手に尻尾を繰り、魚をおびき寄せたようだ。

「なに⁉　よし！　引っ張り上げて！」

「んっ、あっ、ちょっ……」

うん……確かに、なんかエッチだね。

俺はその姿に釘づけになる。

普段はクールなクオンがめったに見せない表情で、こっちもドキドキしてきた。

……誤解を招くと困るから言っておくけど、これを狙ったんじゃないからね⁉

「おおっ……！　いいねっ！」

次の瞬間尻尾が上がり、魚が飛んでくる。

俺はそれを上手い具合にキャッチした。

「い、いいねじゃありませんよ……もう！」

「よし！　獲れた！　これが適材適所ってやつだね！」

「絶対違いますからね⁉」

「まあまあ、いいじゃないの。こうして、無事にご飯をゲットしたんだし。さて、もう一回やろっか？」

「うぅー……仕方ありませんね」

クオンが再び尻尾を川につけると、今度はすぐに反応する。

「もうあんなはしたない姿は見せません！」

「おおっ！　一発で釣り上げた！」

「ふふ、どんなもんです……ひゃぁ⁉」

俺が魚をキャッチすると同時に、勢い余ってクオンが川へと落ちた。

「へ、平気です……もう、びしょびしょですよ」

「だ、大丈夫⁉」

するとすぐに川からクオンが上がってくる。


すると、すぐに川からクオンが上がってくる。

どうやら、怪我もなさそうだ。

……それにしても、あちこち張りついて色気が凄いことになっている。

「これが本当のビジョビジョってね！」

「……主人殿？」

「えっと、水も滴《したた》るいい女ってことだよ？」

「ほほう？　他に言うことはないですか？」

クオンは低い声を出し、俺をにらみつけてきた。

「ヒィ⁉　ごめんなさーい！」

「……まったく、仕方がない人ですね」

たまに、前世のおっさんが出てきてしまうクレス君なのでした。

……本当は、ただの照れ隠しだったんだけどね。

クオンが馬の陰に隠れて体を拭いてる間に、俺は急いで火の準備をする。

枯葉と木の枝を集めたら、火の魔石を置いて魔力を込める。

すると、魔石から火が出て木に燃え移った。

「相変わらず、便利だよなぁ」

「何か言いましたかー？」

「ううん、なんでもないよー」

魔物を倒したことで得られる魔石には、属性魔法を込められる。

そのことが分かった人類は、それを使って生活を豊かにしてきた。

だが魔物の正体は未だに分かってない。人類やその食料である魔獣を襲うことから、問答無用で討伐対象になっている。

女神様も、その辺りの説明はしてくれなかったな。

「まあ、使命とかはなさそうだし、俺が気にすることじゃないね」

「何がです？」

「わわっ⁉　い、いつの間に後ろに？」

「今さっきですよ。全部は聞こえなかったですけど、何やら使命とか独り言を言っていたので」

転生のことはクオンに伝えてもいいんだけど、流石に信じてもらえないだろう。

不用意に混乱させるくらいなら言わない方がいい。

「いや、なんでもないよ。あえて言うなら、ダラダラするのが俺の使命って感じかな」

「まったく、仕方のない人ですね」

「と、ところでさ……」

「なんですか？」

「い、いや、なんでもない」

さっきから、クオンが俺を覗き込む形になっている。

なので、目の前で胸が揺れています。

「さっきからどこを見て……っ～!?」

「い、いや！　ごめん！」

気づいたのか、クオンが両手で自分の胸を隠そうとする。

しかし、それは逆効果である……

なぜなら谷間を作ってしまっているからだ！

「あうぅ……べ、別に構いません」

「いや、構わないって顔じゃないし……本当にごめんね」

「……許します」

「ほっ、よかった」

……まあ、見ちゃうのは男の性《さが》ってやつなので許してほしい。

「まったく、相変わらずえっちですね」

「えっ!?　そうなの!?」

「だって、たまに見てたりしてましたから。もしかして、バレてないとでも？」

「はは……ゴメンナサイ」

「ふふ、アスナ様には黙っておきますね」

「お願いしますぅぅ！」

クオンの胸をチラ見していたとバラされた日には、ボコボコにされる未来しか見えない。

あの子は公爵令嬢として厳しく躾《しつ》けられたという育ちのせいもあるけど、そういうことに免疫がまるでないし。

そのあと、クオンが火に当たってる間に、釣った魚の下処理をする。

クオンがやりますと言ったけど、無理矢理に火の前に置いてきた。

「釣った魚の腹に刃を入れて内臓を取り出したら、川の水で洗ってと……よし、鱗《うろこ》も少ないしこれでいいか」

この魚はクリアフィッシュと呼ばれる、前の世界のニジマスに近い見た目の魚だ。

綺麗な川にしか生息できない魚で、結構珍しかったりする。

洗った魚を葉っぱに載せたら、ナイフで木の棒を加工する。

なるべく細い串になるように。

「これくらいでいいかな？　そしたら魚に刺してっと……できた」

あとは持ってきていた塩を全体にまぶし、尾ビレと背ビレに多めに塗《ぬ》る。こうすることで、焼くときに焦げづらくなるからだ。

準備ができたら、クオンのもとに戻り、それを火の近くに立てかける。

こうしたら、あとはゆっくりと待つだけだ。

俺はクオンの隣に座り、火を眺める。

「クオン、ひとまずできたよ」

「すみません、何もかもやらせてしまって……これでは従者失格ですね」

「そんなことないよ、こうしてついてきてくれたし。それにこの魚はクオンの尻尾がないと釣れなかったわけだし」

「もう、それは言わないでください」

「はは、ごめんごめん。でも、本当によかったの？　もう給料はたくさん出せないけど……」

「いいんですよ、あなたの側にいることが私の願いですから」

……本当に、クオンには感謝だね。

自ら望んだとはいえ、追放された俺についてきてくれるんだから。

「そっか……昔はガリガリで泣き虫だったのになぁ、立派になったもんだ」

「そ、それは言わないでくださいよ！　まあ、否定はできませんけど」

「あれからもう五年かぁ」

「ええ、早いですね……」

あの時、記憶と共に成人の知能を取り戻した俺は、現状を認識して焦っていた。

このままいくと兄上を王位に就けようとする第一王妃様と対立してしまうからだ。

まあ、そのあとだらだらしてたおかげか、命を狙われるようなことはなかったんだけどね。

その後、昔話をしながら時間が過ぎ……魚の焼けるいい香りがしてくる。

両面に焼き色がついており、もう少しで食べ頃だ。

というか、さっきからよだれが止まらない。

「主人殿！」

「ま、待つんだ！　もう少しだけ焼かないと！」

「っ……りょ、料理に関しては主人殿を信用します……」

前世の俺はアラフォーの社畜で、貧乏一人暮らしをしていた。

そのおかげか、料理の腕だけはある。

城にいたときも趣味と称して、たまに厨房《ちゅうぼう》で遊んでいたし。

あの頃は流石に頻繁《ひんぱん》に料理するのは無理だったけど、これからは自由に作ることができる。

「……よし！　食べよう！」

「はいっ！」

俺とクオンは串を火から上げ、二人で同時に魚にかぶりつく！

塩の効いたカリカリの皮と、ふっくらとやわらかな身が口に入ると……なんとも言えない幸せに包まれる。

「熱々で美味しい！　魚の甘みと塩が合わさって……最高だ」

「美味しいですねっ！」

二人で顔を見合わせてコクリと頷き、一心不乱に食べ進める。

そして、あっという間に食べ終わった。

「あぁー美味《うま》かった！　やっぱり、できたては違うね」

「私は温かいものを食べる機会も多いですが、主人殿は仕方ありませんね」

王太子のスペアである俺は、死ぬことは許されなかった。

なので基本的に食事は毒見を終えた冷たいものが出され、一人で食べていたし、こういう野性味溢《あふ》れる感じではなくて、高級志向だった。

一人で食べても味がしないし、こういう飯の方が性に合ってる。

「まあ、そうなんだけど。いやー、これからは自由に飯が食えるぞ」

「ふふ、いろいろ食べましょうね。私なら食べられるか判別がつくので食材探しは任せてください」

「うん、頼りにしてるよ」

お腹が満足した俺達は、再び辺境へ向けて出発する。

途中、水魔法が使えることが新たに判明し、それでのどを潤したりしながら進んでいったのだった。

◆　◆　◆

執務室の椅子に腰かけながら私は、自分の選択が正しかったのか自問していた。

「……ふむ、あれでよかったのか」

第二王子であるクレスを追放することにしてしまったが。

自分で提案したとはいえ、まさか王太子や周りの貴族達まで賛成するとは思っていなかった。

護衛も置いて行ってしまったが、無事に着いただろうか？

「アレックスの兄貴、邪魔するぜ」

私が思案を巡らせていると、一人の男が入室してきた。

男の名前は、オルランド・ティルナグ。前王の弟が王室から離れて開いたティルナグ公爵家現当主。私にとっては従弟《いとこ》にあたり、可愛い弟のような存在だ。彼には軍事の才能があり、今は国内外の対抗する勢力への対応を任せている。

「オルランドか。クレスは旅立ってしまったよ。お主の言う通りにしたが、これでよかったのか？」

クレスのことについては、王太子や貴族達からはいい加減、どうにかしてくれとずっと言われていた。

しかし追放する決め手となったのは、従弟であるオルランドの進言だ。

「ああ、いいと思うぜ。兄貴はクレスに甘すぎだ。あれ以上いると、いろいろなところから反発が起きるだろうよ。王太子であるロナードもいい気がしないだろう。今回、兄貴が決めたことで皆の溜飲《りゅういん》が下がったと思うぜ」

「ふむ、私がクレスに甘いのは確かだ。唯一惚《ほ》れた女性、アメリアの忘れ形見《がたみ》であるしな」

「だから今は亡き第一王妃や、王位を継承する王太子が不安に思ったんだろうが」

「ぐぬぬ……すまぬ」

そう、それもこれも私の不徳の致すところだ。

クレスと他の兄弟の関係が良好ではないことも。

アメリアそっくりなクレスをどうしていいか分からず、結局甘やかして放置してしまったことも。

あの子の顔を見ると、辛くなってしまう情けない自分がいる。

「まあ、兄貴はよくやってるし、それくらいは仕方がないだろうよ。親父達を含む王族達が流行《はや》り病で亡くなって、若いうちから王位に就いてすぐに子供を作ることを要求されて大変だったしな。兄貴以外に残っていたのは、まだ十歳の俺だけだったし」

「本当なら、お主の方が国王に向いていたに違いない。私は力もないし威厳《いげん》もないからな。お主がもう少し早く生まれていたら……」

「俺はそういう柄じゃない、戦っている方が性《しょう》に合ってるよ。兄貴には国のことをどうにかしてもらわないとな」

「分かっておる。王太子も婚約したし、これで一安心だ。少しずつ、この国を立て直していこう。その間すまないが、国境の守りは引き続きお主に任せたい」

我が国の問題は多い。

流行り病や食料難、そして暑さによる人口の減少。

山に囲まれた資源や食料の乏しい東の隣国、レナス帝国との関係。

南に位置するドワーフの王国との関係。

国内の獣人に対する扱いや意識。

我々と絶縁した、エルフ族との関係。

「ったく、人族で争ってる場合じゃないっての。帝国の連中は、何度言っても理解しねえ。うちだって、分け与えるような余裕はないってことを」

「ふむ、帝国からしたら我が国が豊かに見えるのだろう。使者を呼んで食料不足だと伝えたが、どこかに隠していると言って信じてもらえなかった」

「結局、人は見たいものしか見ようとしないからな。もっと、分かりやすいものを用意するしかあるまい。それに、あいつらにはうちが貧しいとか関係ない。あっちからすれば、自国の命運がかかってるんだ」

「うむ、それもそうだな。しかし、我々とて国民を守らねばならん……きちんとできていないのが歯がゆいが」

「……それに関しては俺も同じだ。なんだかんだ言って、俺は戦うしか能のない男だ」

国を豊かにし、国民が飢《う》えで苦しむことのないようにしたいと思いつつも、なかなか打開策が見つからない。

食料は年々厳しさを増す暑さによって減っていく。

そうなると戦える者も減ってきて、食料である魔獣を倒せる者も減ってくる。

魔物が増えると、畑が荒らされまた食料の供給が少なくなる。

「何か、一つでも突破口が見つかれば……」

「そのためにクレスを送ったんだろ？」

「まあ、その通りだが……確かに、いい加減辺境をどうにかしないといけない。しかし、クレスにできるだろうか？」

「そういうことさ。まあ、兄貴に代わってクレスの面倒は見てきたし……確かに能力は低いが、優しい子だ。そして、人を惹《ひ》きつける何かがある。なんだかんだで、面白いことになる気がするぜ」

「確かに、あの子は優しい。偉ぶった姿は見たことないし、獣人であるクオンを最初から奴隷扱いしなかった。しかし、あの厳しい土地で平気だろうか？」

「クオンは俺が育てた弟子だ。たとえどんな環境だろうと、クレスを守り抜くだろうよ」

クオンが大きくなってから分かったが、彼女は黒狼族という最強の獣人の血を引いている。

その才能を、我が国最強の剣士オルランドが育て上げた。

まだ若いとはいえ、そこらの魔物には負けないのは確かだろう。

「ふむ、それはそうだな。ひとまず今は、目の前の問題を片付けていくか」

「ああ、それがいいぜ。安心しな、魔物も落ち着く時期だ。少ししたら、俺が様子を見に行ってくる」

「すまんがよろしく頼む」

「おうよ、兄貴もほどほどにな。それに、辺境をまとめている領主だって無能ではないだろう？」

「気は弱いが、民の気持ちが分かる者だったと記憶している。あの地を任せてしまって申し訳ないと思っている」

「なら、クレスを任せても平気そうだな。領主となるあいつの補助をしてくれるだろうよ。クク、あいつの驚く顔が目に浮かぶぜ」

「うむ、その辺りは心配しておらん」

……クレスよ、不甲斐《ふがい》ない父ですまない。

事情がどうであれ、追放という形で辛い土地に追いやってしまった。

元気でやってくれればいいのだが……

◇　◆　◇

その後、途中にある村を経由しつつ、旅を続けていく俺とクオン。

次第に村の数は減ってきて、気温が段々と上がってくる。

そして俺達が王都を出て一週間後……ようやく、目的地であるナバールの領都に到着する。

「へっぷし！」

「平気ですか？　魔法が使えるからって冷やしすぎたのでは？」

俺は今、氷魔法を使い、体の周りに冷気をまとわせている。

俺のくしゃみを聞いて、クオンが心配そうに尋ねてきた。

「誰かが噂してるのかも。うーん、確かにやりすぎはよくないね……いやー、それにしても暑い」

「ほんとですね。なんだかんだで主人殿の魔法がなかったら、かなりきつかったかと。川もないので、水魔法と氷魔法には助けられました」

「いやいや、それはお互い様だよ。クオンの剣の腕と五感の鋭さがなかったら、魔物や魔獣にやられてたし」

ここに来るまでは結構大変だった。

ここら一帯は、温暖化の影響から十年以上も放置された場所だ。

水が枯れ、作物が育たなくなってしまっている。

討伐する人が減り、魔物や魔獣が増えた。

クオンがいなければ、とてもじゃないが到着できなかっただろう。

「それにしても、寂《さび》れてますね。街の体《てい》をなしてないです。あちこちの壁もボロボロになってます」

「まあ、無理もないさ。通称、見捨てられた地って言われるくらいだ」

賢い者や動ける者は、まだ涼しくて緑がある東の方に移り住んだ。

ここに残っているのは自ら望んだ者か、動けなかった者達だろう。

父上だって助けたかっただろうが、隣国との争いとかでこの辺境を顧《かえり》みる暇もなかったし。

「原因は気温の上昇と、それにともなう水不足や食料難ですね」

「そうそう。昔は緑が豊かな土地だったらしいんだけど、次第に資源がなくなって廃《すた》れていったとか」

「この暑さでは、最悪死人が出ますしね」

「だからここから別の土地へ移り住む人が増え、こうして寂れちゃったってわけ……おっ、誰か来たね」

門の向こうから、槍を構えた兵士二人がやってくる。

一人は若くて新人っぽい青年で、もう一人はきちんと鎧《よろい》を着た男性だ。

「だ、誰だ!?」

「ま、待てっ！　立派な服を着ている……」

新人が慌てた様子で話しかけてきたが、鎧の方が止める。

「初めまして、俺の名前はクレス・シュバルツといいます。ここの責任者の方に会いたいんだけど……話は伝わってないよね？」

「ほ、本当に来た？　この辺境の地に王族の方が……」

「し、知らせは来ております！　すぐに領主の館にご案内いたします！」

「うん、よろしくね」

若い兵士が先に走って戻って行ったので、俺達はもう一人の男性のあとをついて行く。

街の中は活気がなく、生気のない人々の視線が突き刺さる。

この顔を俺はよく知ってる……前世の俺にそっくりだ。

転生前、鏡を見ると、いつもこんな生気のない顔をしていた。

「皆、元気がありませんね」

「うん、これは思った以上だ。王都から離れているから仕方がないとはいえ……それに、父上には辺境を顧みる余裕もなかっただろうね」

「そうですね……敵国との戦いや魔物達との戦いもありますから」

「あとは、中央の大臣は実際にこの状況を目にしてないから実感がないのかもね」

かといって行きに一週間もかかる道を、国王が直《じか》に見るわけにはいかないし。傲慢《ごうまん》な貴族達が、こんなところに来るわけないし、まともな貴族は国を動かすのに必死だし……うん、詰んでるね。

「なるほど、確かにそうかもしれないです」

「情報伝達をしっかりしないとだめだね。中継地点を確保しつつ、もっと早く移動できる方法を見つけて情報を持っていく優秀な人材を育てることから始めよう」

「……いつの間に、そんな勉強を？　政治についての授業はずっとサボっていたのに」

「はは……これは発想というか、先人達の知恵ってやつさ」

そんな会話をしていると、街にある周りの平屋に比べて、少し大きな古ぼけた建物に到着する。

二階建ての建物で、敷地面積も大きい……まるでお金持ちの別荘のようだ。

「さあ、ここが領主の館です」

「案内をありがとね」

俺がお礼を言うと、鎧の男は恐縮していた。

「い、いえ……」

「あっ、誰か出てきますね」

クオンがそう言ったので家の方に目を向けると、扉が開き、先ほどの若い兵士と、四十代くらいの気弱そうな男性がやってくる。

身長はクオンと同じくらいで、ロマンスグレーをオールバックにしていた。

その人は俺に近づくなり、土下座をしてきた！

「いらっしゃいませ！　クレス殿下！」

「ちょっ!?　土下座はやめてぇ！　ねっ!?　お願い！」

自分の前世でやってたスライディング土下座を思い出しちゃうから！

見てるだけで心が痛くなっちゃうよっ！

俺は膝《ひざ》を折り、慌てて目線を合わせる。

「な、なんと……私のような者に優しくしてくれるとは」

「いや、普通だから。それで、あなたが領主さんかな？」

「はっ、国王陛下よりこの地を預かっているマイル子爵《ししゃく》と申します」

子爵っていうと、上から四番目の爵位《しゃくい》か。

我が国での爵位は公爵、侯爵《こうしゃく》、伯爵、子爵、男爵《だんしゃく》の順番だった。

「マイルさんね。知ってると思うけど、俺の名前はクレス・シュバルツ。こっちは従者のクオンだ。ちなみに、奴隷ではないからよろしく」

「奴隷ではなく従者であると？　……よかった、この方なら安心して任せられます！」

マイルさんはホッとした表情を浮かべるが、俺にはなんのことだか分からないので質問する。

「ん？　なんの話？」

「これより私は領主の座をお譲りいたします」

「……はい？　どういうこと？」

「その……国王陛下からの手紙には、領主としてクレス殿下を送るので領主にふさわしいか判断をしてくれと書かれていました」

「ホワッツ？」

なんで、俺が領主に？　そんな立場では、のんびりと過ごす時間が。

「手紙には最終的な判断は私に任せるとも書かれていました。今、獣人を奴隷ではなく従者として扱うとおっしゃられました。その精神に私は感服いたしました。クレス様、あなたであればこの地を任せても大丈夫でしょう。ぜひ、お願いします」

……どうやら、のんびりと過ごすというわけにはいかないみたいです。

でも、考えようによってはいいことかも。

これで、俺が好きなように過ごせる場所を作れるってことだ。

疑問はたくさんあるけど、このままでは暑くてかなわないので、ひとまず陽射《ひざ》しを防ぐため、館の中に入る。

外の見た目は少し古ぼけていたが、内装はそこそこ綺麗だ。

玄関脇はラウンジになっていて、誰でも自由に使えるようだ。

玄関のすぐ側にある螺旋《らせん》階段を上っていく。

パッと見、一階は食堂や会議室、応接室があるようだ。二階に上るとそこは住居で部屋がいくつかあった。

「そういえば、あまり使用人を見かけないね？」

「も、申し訳ありません。大勢の人を雇う余裕もなくて……メイドや調理人はいますが、最悪屋敷の掃除なども私がやってる始末でして」

「あっ、そうなんだ。いやいや、仕方ないよ。ただ国からの物資やお金はどうしたの？　父上なら、放置ということはないと思うけど」

「はい、定期的に送られてきます。しかしおそらく、中抜きされていて、手元には少ししか残らず……あとは、住民達に配ったりするとすぐになくなってしまいます。陛下への訴えも、途中で握り潰されているようでして……」

「……あぁ～そういうことね」

物資やお金がここに届く前に、中継地点の人達や馬鹿な貴族達が減らしたりするのか。

貴族達はともかく、中継地点の貧しい村々を責めることはできない。

彼らだって、生きるのに必死だろうから。

「あっ！　決して足りないという苦情では……」

「分かってるから大丈夫だよ。それはこちらの責任だし。というか、もっと気楽にしていいからね」

「ありがとうございます！　ですが、あなた様は第二王子ですから」

……どうやら、この遠い辺境までは俺のだめさは轟《とどろ》いてないのかな？

のんびりしすぎて追放された王子じゃなく普通の王子が来たって感覚なのかもしれない。

「あんまり堅苦しいのは好きじゃないんだ」

俺が改めて気楽に接するよう伝えると、クオンが口を挟んできた。

「主人殿はちゃらんぽらんですからね」

「ちゃらんぽらんなんて言わないでよ」

「でしたら、しっかり振る舞ってくれないと」

「ぐぬぬ……」

「なるほど……やはりよき方のようだ」

何をどう思ったかは分からないが、どうやらマイルさんの肩の力が抜けたらしい。

そして、階段を上り切って一際目立つ扉に入る。

その部屋の奥には執務用と見える椅子と机があり、手前にはソファーとテーブルが置いてあった。

「それで、俺が領主ってどういうこと？」

「私がいただいたお手紙にはそのように……こちらになります」

「ありがとう、どれどれ……うげぇ、ほんとだ。しかも、従叔父上の推薦状《すいせんじょう》まであるし」

そこには王族である俺を領主に推薦し、マイル子爵はその補佐をするようにと書かれていた。

ご丁寧にも、父上の従弟でもあるオルランドおじさんの名前まである。

……これ、兄上は知らなそうだなぁ。

「これって断るのは」

「主人殿、無理です」

「ですよねー」

「なにせ、言うなれば勅命《ちょくめい》ですからね」

「……はぁ」

だめだ、どう考えても逃げられる気がしない。

いくら王子とはいえ、逆らったら罰《ばつ》が下るだろう。

この追放自体が罰だと思ってたけど、考えが甘かったなぁ。

「私からもお願いします！」

マイルさんはそう言って頭を下げた。

「……分かりました。とりあえず、ここが仕事場かな？」

「ありがとうございます！　はい、ここがそうでございます」

「ふんふん、なるほどなるほど……って、領主って何をすればいいの？」

「えっと……私がしていたのは住民の管理や税金管理、都市の整備に、冒険者ギルドとの調整など……ほとんどの業務を一人で行っていました」

「うげぇ……」

なに、そのめんどくさそうな仕事は……俺にそんなことができるわけないじゃん！

こちとら、前世から事務作業系は苦手だったし！

「主人殿、顔に出すぎです」

「ぐぬぬ……」

「はは……平気ですよ、その辺りのことは引き続き私がやりますので。クレス殿下には、責任者になっていただければ幸いです。あと、納税のお声がけなどをしてくれると……流石に、私の身分と力では弱いので」

「なるほど、俺は身分だけはありますからね。幸い、剥奪《はくだつ》はされてないですし。では、マイルさんには補佐をお願いします」

「はっ、かしこまりました。ではまずは、この地の説明をしてまいります」

するとマイルさんが、右側にある黒板に描き込み始める。

完成したのは、大まかな地図だった。

この国は大陸の中央付近に位置しており、その東に敵国のレナス帝国がある。

南側にはドワーフの国ガルディアが、南西には不可侵条約を結んでいる騎士の国エトラスがある。

他にもいくつか小国はあるけど、大まかに言うとそんな感じだ。

その中で、このナバール領はガルディアとエトラスと接しているが、交流自体はほとんどない。

「ふんふん、なるほどなるほど」

「獣人などはちりぢりになって生活しているか、奴隷になってる者などがいます。この辺境にも、獣人は少数ですが住んでいます。エルフ族は人と関わるのを嫌がり、どこかに消えてしまいましたね」

「エルフ族は仕方がないよね。それは、人族側が悪いんだし」

「ええ、忠告を無視して森を切り拓《ひら》いたのですから。そもそも、ここら辺一帯は数百年前までは彼らの住処だったとも言われています」

どこの世界でも同じだ。自然を破壊しすぎてしまったら、その弊害《へいがい》が出てくる。

温暖化も、その弊害の一つだろうし。

「そうだね。でも、獣人の国っていうのはないんだよなぁー。あったら行ってみたいのに」

「ふふ、そうですね。いっそのこと、ここに獣人の拠点を作ったらいかがです？　主人殿はもふもふが好きですから。いつも、私の尻尾を触りたそうにしてますし」

「……バレてたの？」

「はい、バレバレです」

「うぉぉぉ……」

穴があったら入りたいとはこのことか！　だって気になるじゃん！

もふもふしたいじゃん！　だけど無理にはできないじゃん！

「別に触ってもよかったのですが……」

「へっ？　なんて言ったの？」

クオンが小声で何か言っているのが聞こえて、俺は聞き返した。

「なんでもありません！　……それで、どうします？　言い方はあれですが、これなら拠点作りも夢ではありませんよ」

「なるほど、領主権限ってことか。うん、それはいいかも」

「なんと……！　是非《ぜひ》、お願いします！　何はなくとも、まずは人がいなくては話にならないので」

「分かったよ。それじゃ、まずはそこからやってみるかな」

もふもふは大事だ。なんて言ったってスローライフといえばもふもふだからね！

その後、マイルさんの説明を聞いてひとまず分かったことは……やることが山積みということだった。

ほとんどをマイルさんに任せたとはいえ、俺自身もやることが多い。

「ぐぬぬ、快適なスローライフが……もふもふが……」

「はいはい、そうですね。ですが、このままではスローライフどころではないので」

「はぁ、そうだよねー。そもそも、こんな状態じゃのんびりなんて言ってられないし。一人だけで贅沢《ぜいたく》しちゃったら反乱とか起きちゃうだろうし」

「ふふ、そんな気もないのに。主人殿は、なんだかんだで優しいですから」

「……別にそんなことないよ」

クオンの言葉に、俺は思わず頬を掻く。

クオンはそう言うけど、俺はそんなにできた人間じゃない。

クオンを引き取ったのだって、自分の寂しさを埋めるためだった。

……ただ、目の前で苦しんでいる人がいる状態でだらだらできる人ではいたくない。

それは、前世で見てきた嫌な金持ちと同じことだから。

「そういえば、私は何をすればいいですか？」

「クオンには、引き続き俺の護衛と秘書をお願い。あと、獣人達との橋渡し役をしてくれるかな？」

「変わらずということですね。獣人の件もお任せを。さあ、すぐにでも行動を開始しますよ」

「えぇー……はぁ、仕方ないか。マイルさん、街を案内してもらっていいですか？」

「はい、もちろんです。では、ご案内いたします」

重たい腰を上げて、領主の館から出る。

相変わらず陽射しが強く、すぐに汗が出てきた。

「暑っ……もう三時なのに」

「はは、慣れていないときついかと」

俺が愚痴《ぐち》っぽく言うとマイルさんが反応する。

「ほんとですね……」

クオンはそう言い、胸の辺りを手でパタパタした。

すると、当然……少しだけサラシが見えてしまう。

その無防備な姿に、俺は感動してしまった。

「おおっ……」

「って、何を見てるんですか！」

思わず出てしまった俺の声に、クオンはバッと胸を腕で押さえた。

「ご、ごめんなさーい！」

「もう！　……別にいいですけど」

思春期なので許して！　前世の記憶があるとはいえ、俺の精神は少年なのである！

リアルな話、記憶が上乗せされている感じで、そこまで影響していない。

「それにしても、サラシは暑くない？」

「それはそうですよ。ただ、こうしないと剣を振るうのに邪魔なので」

「あとでその辺りのことも考えないとね」

「ええ、お願いします」

魔石に氷魔法を込めることはできたけど、冷たすぎるので流石にそのまま皮膚に当てるわけにはいかない。

そもそも、魔物の種類によって魔石に込められる魔法にも限りがあり、ゴブリンでは、全然魔力が蓄積《ちくせき》できない。

長時間保《も》たせようと思ったら、最低でもオークくらいの魔石はないと。

「……随分と仲がいいのですね」

俺達のやり取りを見て、マイルさんがそんな感想を述べた。

「まあ、付き合いも長いので」

「いや、そういう意味ではなく……いえ、そうですね。まずは、こちらにどうぞ」

そこは、噴水《ふんすい》のある広場だった。

人々が日陰で談笑をしていて、出店が立ち並び、小さい商店街のようになっている。

遠巻きに、人々が俺達のことを眺めていた。

「ここの十字路が街の中心となります。大まかに……ここから北に行くと領主の館、西に行くと冒険者ギルドや宿泊施設、それにともない武器防具屋。東には住民が暮らす地区があります。最後に南が商店街となります」

「ふむふむ、そこまでギチギチって感じではないね？」

「はい、住民の数が少ないので、まだまだ土地に余裕はあります。本来なら、一万人は住むことができる辺境の中心都市だったので……今では、二千人ほどですが」

「あぁー、ですよね。じゃあ、まずは人を集めないと。そのためにはこの街の魅力《みりょく》がないといけないか」

「はい、本来であれば、ここがもっと素敵な憩《いこ》いの場だったのですが……今では、水が枯《か》れて噴水は止まってしまいました」

「……では、まずはここから始めますか」

俺は意識を集中させて、魔力を高めていく。

「クレス殿下？」

その様子を見てマイルさんは首を傾げる。

自分の力がどのくらいあるのか分からないから、とにかく全力で。

「水の滝よ降り注げ、〈アクアフォール〉」

魔力を噴水の内部から溢れさせるイメージで解放する。

すると、俺のイメージした通りのことが起きる。

俺が放った水魔法によって、噴水から水が出てきた。

「こ、これは……！」

「すごいですね」

水は最初は濁《にご》っていたが、次第に汚れた水を押し出しきったのか、綺麗な水になっていった。

これなら飲んだり、水浴びをしたりしても問題ないだろう。

「ふぅ、結構な量が出たね。魔力的には、そこまで減った感じはしないけど」

「い、今の魔法で……」

「ふふ、主人殿の魔力は規格外だったみたいですね」

マイルさんは驚愕し、クオンはなぜか嬉しそうだった。

「うーん、いまいち分からないけど」

すると、次々と人々が集まってきて歓声を上げる。

その中には獣人もいて、見た感じここでは差別はないようだ。

というか、助け合わないと生きていけないのかも。

「す、すごい！　噴水から水が出るなんていつ振りかしら！」

「お母さん！　僕は初めて見たよ！」

「おおっ！　彼の方《かた》が魔法を使ってくださったのか！」

「一体、誰なのでしょう？　物凄く立派な衣装を着てますし、領主様が側に控えてますけど……」

集まってきた人々が口々にそう言う。

……しまった、めちゃくちゃ目立ってしまった。

自分でも予想外の量の水が出たし。

俺がたじろいでいると、マイルさんが一歩踏み出して人々に大声で告げる。

「皆さん！　ここにいらっしゃる方はクレス・シュバルツ第二王子！　この度、私に代わって領主となるお方です！　きっと、この地を救ってくれるでしょう！」

「私は主人殿を守護する者で、名はクオンと言います。ですが、奴隷ではありません。主人殿は、きっと獣人も関係なく救ってくれるかと」

いきなりの展開に俺は焦る。

「ちょっ!?　待ってよォォォ！」

「「「ウ……ウォオオォオオ！！」」」

「だからァァァ！」

住民達の声により、俺の声がかき消された。

いや、領主にはなるって言ったけど！　できるだけどうにかしようとはするけど！

救うって言われると……どうしてこうなったァァァ!?

みんな、めちゃくちゃキラキラした目で見てくるし……はぁ、こんなに期待されちゃ仕方ないか。

どちらにしろ、このままだと俺自身もスローライフを送れない。

少しは頑張らないとだね。

◇　◆　◇

「ふぅ、違う意味で疲れた」

「ふふ、あんな風に感謝されることなかったですからね」

結局、あのあとは氷の魔法も使いまくって人々に配っていた。

毎回毎回ものすごく感謝され、申し訳ない気持ちになって心が少し疲れてしまった。

あれくらいあれば、この暑さも少しはマシになるだろう。

「まあ、城の中では無能で有名だったからねー」

『無能』という単語に反応して、マイルさんが尋ねてくる。

「あ、あれで無能なのですか？」

「あぁー、いや……」

「主人殿は、王位争いを避けるために力を隠していたのですよ」

「な、なるほど！　納得です！」

……納得しないで！　違うから！

いや、争いをしたくなかったことは事実だけど！

その後、再びマイルさんに領内を案内される。

次の訪れた冒険者ギルドは閑散《かんさん》としており、実質的にほとんど活動していないみたいだった。

それにともない、武器屋や防具屋も寂れていた。

「あちゃー、随分と寂れてるね？」

「申し訳ありません。若者や優秀な冒険者達は、ほとんど王都方面に行ってしまい……もしくは、南にあるガルディアに出稼ぎに行っています」

「まあ、こんなに暑いんじゃやる気も出ないよね。でもこうなると、魔物が溢れて大変じゃない？」

魔物は、どこからともなく突然現れる。

理由とか、いつからそうだったか分からないけど、そういうものらしい。

「幸い、魔物が近づくことは少ないので……なにせ、近くの森の中に美味しいものがありますから。

こちらに来る弱い魔物程度なら、我々でも対処ができますし」

「なるほど、不幸中の幸いってことかぁ。森はどの辺にあるの？」

「はい。ここからさらに西に行ったところに。ですが、凶暴《きょうぼう》な魔獣や魔物がいて奥には行けません」

「なるほど、それは大変だね」

次に案内されたのは南にある商店街で、こちらも栄えてるとは言えない。

やっていない店が多く、前世で言うところの、いわゆるシャッター街というやつだった。

買いに来る人が少ないんじゃ無理もない。

「商人が来るには、何か名物がないとだし」

「はい、以前は森から採れる恵み目当てに人がやってきていたのですが……」

「ふんふん、見えてきたね、あれが住宅街かな？」

最後に、住民が住んでいる東側に行く。

そこでは北側が人族、南側が獣人と住み分けをしているようだ。

獣人が奴隷扱いを受けているわけではないが、仲よく暮らしているというわけではないらしい。

「これはあえて別にしてるのかな？」

「いいえ、自動的にこのような形になりました。できれば、協力してほしいのですが……やはり、お互い無意識のうちに偏見がありますので」

「じゃあ、その辺りはクオンに任せるよ」

「とりあえず、努力はしてみます」

「ひとまず、このような感じになります。何か疑問はございますでしょうか？」

「うーん、下水処理とかゴミ問題は平気？」

特に気になったのは、汚水処理についてだ。

この暑さでは、いろいろな問題が起きる可能性がある。

「住民が少ないため、今のところは問題ありませんが……それでもこのままだとだいぶまずいかと」

「放っておくのはよくないね。じゃあ、そこからどうにかするかな」

「それはどういう……？　流石に水で全て押し流すというわけにも……」

「そんなことしたら、地上に溢れちゃうからね。えっと、まとめると……まずは水が必要、食料がない、暑いのが大変、人が来ない、街を綺麗にしたい。まずは、こんなところかな？」

「はい、合っております」

まずは、人が住みやすい環境にすることだね。

特産品とかはあとで考えればいい。

外壁は、ドワーフを誘致して建造してもらえばいいし。そのための方法も浮かんでる。

「よし、決めた。まずは、森に行ってみるよ。流石に暗くなってきたから、明日の朝一がいいかな」

「えっ？　は、話を聞いておりましたでしょうか？」

「うん、危険だってね。大丈夫、俺にはクオンがついてるから」

「はっ、私が命に代えてもお守りします」

「……では、せめてこちらも人員を用意させてくださいませ」

さてさて、まずは自分も住みやすいように頑張りますか！

その後、館に戻った俺達は、夕食を食べ、明日に備えて早めに寝るのだった。

◇　◆　◇

翌朝、俺はなんだかいい匂いで目を覚ました。

どこか懐かしさを感じさせるそれに誘われるように、そちらに手を伸ばすと……やわらかくふわふわしたものに触れる。

「……なんだこれ？」

「ひゃん!?」

「うわっ!?　……って、クオンか……顔が赤いけど、どうしたの？」

「な、なんでもありません！　……頭を撫《な》でていたら油断しましたね」

クオンが顔を逸らして小声で何かを呟いた。

「なになに？　なんて言ったの？」

「なんでもないです……尻尾は敏感なのに」

「だからなんて？」

「いいから起きてください。もう、とっくに朝ですから。今日から、森を探索するのでしょう？」

確かに外はすでに明るくなっていた。

というか、かなり暑い。

俺が寝る前に用意したバケツに入れた氷は、すっかり溶けていた。

結構な量を入れたけど、やっぱり厳しい暑さみたい。

「そうだねー。ただ、その前にお腹が空いた……」

「はいはい、分かってますよ。では、食堂に行きましょう」

手早く着替えを済ませた俺は、部屋を出て一階にある食堂に向かう。

食堂に入ると……すでに何人もの人達が食事をしていた。

俺に気づいたマイルさんが椅子を引きながら声をかけてくる。

「クレス殿下！」

「マイルさん、別に立たなくていいからね。みんなも座ったままで平気。朝来る度に立たれたら、堅苦しくて疲れちゃうよ」

「主人殿、それなら、早起きして一番に来ればいいのでは？」

「ぐぬぬ、ど正論が来た……！　それができたら苦労はしないよっ！」

俺が言い返すと、クオンは微笑み、マイルさんは苦笑いした。

「ふふ、それもそうですね」

「はは……昨日も思いましたが、仲がよろしいですな。皆の者、先ほども言いましたがクレス殿下はこのような方だ。なので、このまま座っていましょう」

ふと見ると、周りの人達が驚いた顔をして固まってしまっていた。

俺は訳が分からず、クオンにこっそり耳打ちする。

「みんなどうしたんだろう？　あれかな？　俺が朝寝坊をしたから呆れてるのかな？」

「……ふふ、そうかもしれませんね。ですが、違うかもしれません」

「ん？　どういうこと？」

「ほらほら、ささっとご飯を食べますよ」

俺はクオンに背中を押され、用意された席に着く。

隣にクオンが座ると、メイドさんが俺達の前にトレイを置いてくれた。

その上には硬いパンに野菜の入ったスープ、あとは何かの干し肉があった。

メイドさんにお礼を言って、まずはパンを口にする。

するとマイルさんが遠慮がちに口を開いた。

「申し訳ございません、このようなお食事をクレス殿下に……」

「ん？　別に気にしてないからいいよ。これはこれで美味しいし。もちろん、ずっとはあれだけどね」

「へっ？　し、しかし、王族の方が食べるようなものでは……」

「この方は、よく城下町に出て食べ歩きをしていたので……」

クオンの補足に、マイルさんは困惑しつつも一応納得したようだった。

「な、なるほど？　民の暮らしを知ろうと……立派なことですな」

「……はは」

特にそういうわけではないが、とりあえず黙っておく。

正直言って、貴族の料理には俺の口には合わなかった。

だから城下町に出て、こういう料理を食べていたのだ。

それが嫌で、わざわざ追放されるようにしたんだし。

……もちろん、王城で肩身が狭いっていうのもあったけど。

「それで、そちらの方々は……？　よろしければ自己紹介をお願いします。主人殿は、そのまま食べてていいですから」

クオンが食器を置きながらマイルさんにそう尋ねた。

俺はコクコクと頷き、大人しく食事を進める。

「ああ、そうでした。彼らは、昨日言っていた方々です。獣人の方は、代表で来てもらいました」

「なるほど、そうでしたか」

今ここには、体格がよく、頭髪のない人族の男性と、魔族の獣人がいる。

すると人族の方が口を開いた。

「初めまして、クレス殿下。私の名前はウォレスと申します。年齢四十歳で、この都市の守備隊長を務めております」

「ゴクン……ウォレスさんだね、よろしく」

ウォレスさんは身長が大きく、少しおっかないけど、実直そうな印象を受ける。

わざわざこんなところに残ってるって言い方はあれだけど、いい人に見えた。

問題は獣人の方で、さっきから俺を睨みつけている。

「それで、そちらの獣人の方は……虎族《とらぞく》の獣人ですか」

「ああ、そうだ。ところで、貴様はなぜその男に従っている？　俺の勘違いでなければ、貴様は誇り高き黒狼族のはずだ。大きな群れを作らず、家族だけで過ごすという噂は、偽りだったのか？」

「なぜですか？　……私が主人殿に従うのは見ての通り、主人殿は人族と獣人関係なく接する方だからだ。この方の側にいることが私の誇りだ」

「その男の振る舞いが芝居《しばい》じゃない証拠がどこにある？」

「私が見抜けないとでも？」

「「…………」」

ばちばちと、目には見えない火花が飛んだ。

人族に好意を抱いていない獣人なのは確かだ。

「……ふん、まあいい。芝居かどうかは、見ていればいずれ分かることだ。俺の名前はタイガ、見ての通り虎族の獣人だ。言っておくが、馴れ合うつもりはない」

「うん、それでいいと思うよ。それじゃ、よろしくね」

「……う、うむ」

俺の返事に肩透《かたす》かしを食らったのか、タイガさんは少し目を泳がせる。

まあ、どうにか信頼を得るしかないね。

さてさて、快適生活を目指して頑張りますか。

◇　◆　◇

準備を済ませたらウォレスさんの案内のもと、俺とクオン、それにタイガさんを含めた四人で西の方にある森へと向かう。

本当なら水浴びをしたかったけど、どうせ森の中に入って汚れるので、朝食をとったあとすぐに出発した。

「しかし、本当にいいのでしょうか？　魔物や魔獣もいますし、クレス殿下に何かあったら……」

「大丈夫、足手まといにはならないからさ。あと、ウォレスさんが責任を負われることもないと約束するよ」

「ご安心ください。主人殿の身は、私がお守りいたします」

俺とクオンの言葉に、どうにかウォレスさんが頷く。

まあ、俺はこんなでも王族だからウォレスさんが心配するのは仕方のないことだ。

この人ためにも、できるだけ無傷で帰還しないとね。

「わ、分かりました」

「ふん……」

「タイガさんもよろしくね」

「……ああ」

先頭を前衛のクオンにして、その後ろに魔法使いの俺、荷台を引いたウォレスさん、籠《かご》を背負ったタイガさんの順番で森を進む。

こういう時に、親友のアークがいてくれたら楽なんだけど。

そういや、黙って出て行ったから怒ってるかも。

「主人殿、早速何かが来ます」

「おっと、分かった。それじゃ、準備をしとくかなー」

その宣言の通りに、二体のゴブリンが現れる。

「ギャキャ！」

「グキャ！」

「〈アイスショット〉！」

先手必勝、俺が放った氷の弾丸が……相手の体を貫いた。

そのまま魔石になったので、クオンが拾っていく。

「こ、氷魔法……いや、昨日も見たから分かってはいるのですが」

「今日の朝もバケツいっぱいに入れてきたからね。今日の夜も、あちこちに配置するから安心して」

「あ、ありがとうございます！」

「もちろん、獣人さん達の方にも配置するから安心してね」

俺がタイガさんに声をかけると、彼は鋭い眼光で聞いてきた。

「それより、俺が背負っているこの籠は何に使うのだ？」

「それはあとでのお楽しみってやつさ」

「……ふん」

あらら、相変わらず警戒心が強いこと。

どうやらこの人が獣人側のボスらしいので、上手いこと交流したいところだ。

「クオン、今日はあまり危険なところまでは行きたくない。とりあえず、沼や川があれば助かるかな」

「沼や川ですね、分かりました」

「クレス殿下、食材を集めるのですか？」

ウォレスさんが聞いてきたので、俺は首を横に振る。

「いや、それもあるといいけど……まあ、本命は別にあるかな」

「は、はぁ……」

「まあまあ、とりあえず行こうよ」

クオンの耳を使い、できるだけ敵を避けながら森の中を進んで行く。

それでも敵に出会ったが、クオンの剣と俺の魔法で難なく倒す。

「主人殿、ゴブリン以外の魔物がいます……あれはオークですね」

クオンの言葉の直後、右前方から二体の大きな影が現われた。

「へぇー、あれがそうなんだ」

その姿は、槍を持った太った豚のおっさんというのが適切な表現かもしれない。

オークは下卑《げび》た視線をクオンに向け、一直線に向かってくる。

「ブホッ！」

「ブヒィ！」

オークは興奮して鳴き声を上げた。

「私がやる……相変わらず醜《みにく》い」

見るからに、クオンの殺意はマックスだ。

オークやオーガは残虐《ざんぎゃく》な魔物で有名で、人を食べることや弄《もてあそ》ぶことを好む。特に女性にとっては天敵と言われていた。

「まあまあ、ここは俺に任せて。たまには、クオンを守らせてよ」

「あ、主人殿……ふふ、分かりました」

「んじゃ、いっちょやりますか」

俺自身も魔法の鍛錬は必要だと考えている。

まずは、使い方をいろいろと模索《もさく》していかないと……よし。

「〈アイスバーン〉！」

俺は魔法を発動させ、地面を凍りつかせる。

「ブホッ⁉」

「ブヒヒ⁉」

俺が作った氷の道に滑って、二体のオークが転ぶ。

「今だっ！　〈アイスランサー〉！」

その直後、俺は手から氷の槍を飛ばす。

当然、避けられるわけもなく……オークは体を貫かれて魔石になった。

「ふぅ、うまくいった」

「お見事です。きちんと当てるために、先に地面を凍らせたのですね」

「へへ、そういうこと」

今の戦闘で分かったのは、ゴブリンやオーク程度ならこのくらいの魔法で倒せそうだということ。

どうやら、俺の魔法の威力はなかなか高いらしい。

「それよりもウォレスさん……この辺りなら、他の人でも来れるんじゃないの？」

「はい、来れなくはないですね。ただ、こちらばかりに注意を払う時間と暇がないのです。巡回して、領内にいる魔物や魔獣を倒すことが優先なので」

「それはそうだね。じゃあ、森を安全な場所にするには人海戦術《じんかいせんじゅつ》しかないか」

「主人殿、この先に水の音が聞こえます。ただ、同時に臭いです……主人殿が望んだ場所かもしれないですね」

「おっ、ありがとう……さて、狙い通りの場所だといいんだけど」

その後、クオンについて行くと……大きめの沼が現れる。

とてもじゃないが、飲んだり入ったりはできない。

「主人殿、これでいいのですか？」

「うん、ばっちりだよ」

「クレス殿下、ここで何をするのですか？」

「俺の本命はヘドロフィッシュさ」

ヘドロフィッシュ、それは沼や川に住む大型の魚だ。

味自体は美味しくないが、なんでも食べる性質で水の掃除屋《そうじや》の異名を持つ。

こいつがいれば、生活廃水もなんのそのだ。

自然ならともかく、都市の汚れくらいなら綺麗にしてくれるだろう。

というより、汚いものを好んでるから彼らにとっても天国だろう。

「へ、ヘドロフィッシュ……ですが、確かそいつが住まう場所には……」

「うん、有名な魔獣もいるね」

「主人殿、下がってください！」

クオンが俺を抱いて、思い切り後ろに下がる。

すると、沼から何かが這い出てきた。

全長五メートルを超える長い体、強靭《きょうじん》に見える緑色の鱗《うろこ》、凶悪な顔に全てを砕く顎《あご》……まるで怪獣映画に出てくるような巨大なワニ。

奴が、沼の主と言われる……ヌマコダイルだ。

その頭のよさ、強靭な体から危険な魔獣とされている。

「ギシャアアア！」

「っ!?　なんつー声！　耳が痛いや」

ヌマコダイルが大きな声で威嚇してきて、俺は思わず耳をふさぐ。

「ウォレスさん、私が前衛を務めるので主人殿を頼みます！」

「う、うむっ！」

「ふん、俺は手伝わんぞ」

「それで結構、そこで見てるがいい」

クオンが大剣を構えて、相手の出方を待つ。

相手もクオンの強さが分かるのか、じっと睨みつけている。

俺も邪魔をしないように、いつでも魔法を撃てるような準備だけはしておいた。

「カロロ……ギシャアアア！」

「おおっ!?」

脚でジャンプするようにして、でかい図体には似つかわしくないスピードで、ヌマコダイルがクオンに迫る！

「なんのっ！」

「カロロ!?」

「くっ、硬いですね」

クオンは噛みつきを横にステップしてかわし、斬撃を胴体に食らわしたが……どうやら、傷をつけることができなかったみたいだ。

クオンは王都では腕利きの冒険者として知られ、本来ならそこらの魔獣にはてこずらない。

そのクオンが苦戦するとは……そりゃ、なかなか森の開拓ができないわけだ。

「ギシャァァァ！」

ヌマコダイルが叫び声を上げて、俺の目では見えないほどのスピードで尻尾が振られた。

「っ～!?」

それがクオンを吹き飛ばした。

「クオン！」

「へ、平気です！　『闘気《とうき》』でガードしましたので！」

獣人であるクオンは、人族には使えない、闘気という身体強化を使える。

これは体内にある気を使い、一時的に攻撃力や防御力を上げることができる技術だ。

ただ、まずいかも……このままだとクオンが危ない。

「クオン！　俺も手伝う！　邪魔をしないために手伝うにはどうしたらいい!?」

「主人殿、しかし……守るべき方に手助けしてもらうなど」

「そんなことはいい！　大事なクオンに傷がつく方が嫌だ！」

「は、はい……それでは、奴の動きを一瞬でいいので止めてくださいますか？　その間に、奴の鱗を切り裂く闘気を溜めます」

「分かった！　タイミングは任せる！」

俺はこの前魔法を使えるようになった素人《しろうと》だ。

戦闘のプロであるクオンの邪魔をしてはいけない。

前世の記憶から、素人が下手な真似をすると事故になることは散々知っている。

なので、俺は倒すことではなくクオンの言う通り、止めることだけを考える。

「ど、どうするのですか？」

「貴様もアレと戦うのか？」

ウォレスさんとタイガさんが尋ねてくる。

「うん、戦うよ。だって、大事な相棒が戦ってるんだ」

クオンは俺にとって家族になってくれた子だ。

母を失い父親に避けられ、異母兄弟とは希薄な関係……そんな中、ずっと一緒にいてくれたのはクオンだ。

俺のために、こんなところまでついてきてくれた……ここで何も思わないほど、俺は薄情じゃない。

「クオン！　今から奴に隙を作る！」

「はいっ！　お願いします！」

「氷の大槍よ！〈アイスジャベリン〉！」

ヌマコダイルの口の上辺りに氷の槍を出現させて……突き下ろす！

「カロロロ⁉」

氷の槍が奴の口を閉じた衝撃で、一瞬奴の動きが止まる。

ワニは口が弱点だって、どこかで見たことがあった。

「今だっ！」

「はっ！　すぅ――『光刃一閃《こうじんいっせん》』！」

気合一閃、クオンが大剣を顔と胴体の間に叩き込む！

すると、顔と胴体が分かれ……ヌマコダイルが地面に伏す。

「す、すごいや！　クオン！　真っ二つだよ！」

「いえ、主人殿のおかげです。私一人では、もう少し手こずったでしょう……情けない、あなたを守ると誓ったのに」

「別にいいじゃん。クオンが俺を守りたいように、俺だってクオンを守りたいし」

「ふぇ⁉　それはどういう……」

「クオンは大事な家族だし」

「……はぁ、そうですよね。いや、別にいいんですけど」

あれ？　おかしい？　これは感動的な場面ではないのかな？

どうして、クオンに呆れられているんだろう……解《げ》せぬ。

まあ、それはそれとして、俺はヌマコダイルに目を向ける。

にしてもヌマコダイルは大きいや。

胴体だけでも、四メートルくらいはある。

この世界にはアイテムボックスがないから不便だよねー。

ダンジョンがあるんだから、それくらいあってもいいのに。

世界の各地に突然現れるダンジョンには、財宝や宝石が眠っており、兵士や冒険者が赴《おもむ》いてそうしたものを苦労しながら持ち帰っている。

重たいものを運ぶのはどうしても人力になるから大変だ。

「流石は黒狼族だっ！　あの大剣を軽々と扱うことといい、あの首を真っ二つにするとは」

近づいてきたウォレスさんが興奮気味にクオンに声をかける。

「ふふ、ありがとうございます。ですが、主人殿の助けがあってこそですから」

「うむうむ、見てましたぞ」

満足気に頷いているウォレスさんに、俺は気になったことを聞いてみる。

「というか、責めてるわけじゃないんだけど……ウォレスさんは戦わないの？　いや、俺の護衛をしようとしてたのは分かるんだけど。なんか、動きがぎこちない気がする」

「す、すみません……私はこんななりですが、戦いはからっきしなのです」

「へっ？　……嘘でしょ？」

見た目はめちゃくちゃ厳ついおっさんって感じなのに……

いわゆる、街で出会ったら避けるタイプの。

「はは……体は丈夫なのですが、とにかく不器用でして……ただ、盾役くらいにはなれます。いざという時は、クレス殿下の身代わりになる覚悟はあります」

「……戦いが苦手なのに立候補してついてきてくれたんだ」

「ええ、長年この辺境を変えたいと思っていたので。結局、役立たずでしたが」

「ううん、そんなことないよ。その気持ちがあるなら大丈夫だと思う。よかったら、これからも手伝ってください」

「は、はいっ！　俺でよければお手伝いいたします！」

はっきり言って、強いというだけなら探せばいたりする。

でも、人柄がいいとは限らない……むしろ、人柄がよい人の方が貴重まである。

この人となら、上手くやっていけそうだ。

さて、問題はもう一人だね。

「……貴様は、王族なのに獣人と対等に接するというのか？」

「うん、そうだよ。一応、名目上は主従関係はあるけど。俺はクオンを対等な人として接してるつもり」

「なぜだ？　人族……特に貴族は、我々を同じ存在とは思ってないはず」

やっぱり、人族と獣人との間の偏見は根強いなぁ。

まあ、これぱっかりはすぐに解決できることでもないし。

「まあ、一部の悪意のある人がいるから、なんとも言えないし、言い訳するつもりもない。ただ、俺は違うということは分かってほしいかな。むしろ、俺はもふもふが好きだし」

「ふんっ、所詮《しょせん》そんなものか。気位の高い女の獣人は貴族に人気だからな」

「ん？　ああ、違う違う。いや、明確に違うってわけじゃないけど……別に君のもふもふでもいいし」

「……はっ？」

「ちなみにそういう趣味でもないから。とりあえず、もふもふが好きなわけよ」

「くははっ！　面白い人間だっ！　……いや、あの戦いで貴様が獣人を使い捨てにしない男だとは分かっていた。とりあえず、認めるとしよう」

そう言って、タイガさんはまたそっぽを向いてしまう。

でも、少しは信用を得られたみたいだ。

「これで、ひとまず安心ですかね」

「うん、そうだといいね。さて、本題に入りますか。ウォレスさん、ヌマコダイルを解体して荷台に載せといてくれますか？」

「はっ、お任せください！」

「……では、俺は辺りを警戒しておこう」

「うん、お願いします」

周囲の警戒をタイガさんに任せて、護衛のクオンと一緒に俺は沼の前に立つ。

すると、クオンの耳がピクピクと動く。

「クオン、どう？　もう一匹いたりしない？」

「……ええ、平気ですね。大型の生き物はいなさそうです」

「ありがとう。それじゃあ、やってみますか」

「ま、まさか、また私に釣らせる気じゃないですよね？　こんな沼に尻尾を入れるのは流石に嫌ですし、人前では恥ずかしいです……」

「しないよ！　というか、せっかくタイガさんの信用を得られたのに！」

ほら！　さっきからチラチラ見てるじゃないか！

ここは、さっさと終わらせなければ！

精神を集中して、魔法をイメージする。

「螺旋、渦……〈アクアボルテックス〉」

「ん？　……なるほど、こういうことですか」

水が渦を巻いて、底の方に沈んでいたヘドロフィッシュが押し上げられて水面に浮かんでくる。

「そういうこと。こいつらは沼の底から出てこないから捕まえることが困難だけど、こうしてしまえば簡単さ。さあ、あとは網《あみ》ですくってね」

「ええ、どうやら酷い目に遭わずにすみそうです」

「だからごめんて！」

「ふふ、分かってますよ」

その後、水面に上がってきたヘドロフィッシュをすくい上げていく。

幸い、こいつらは敵意のない魔獣なので、何事もなく回収できた。

ただしめちゃくちゃ弱いので、生け捕りにするために慎重に捕獲する必要はあったけど。

「よし、こんなものでいいかな？　十匹もいれば、多少は平気でしょ」

「そうですけど、魔力は平気ですか？　ずっと渦を巻いてましたけど……」

「余裕ー余裕ー、まだまだいけそうだね」

「お、恐ろしい魔力量ですね」

「ただし、体力は限界である」

「ププッ⁉　真面目な顔して偉そうに言わないでください！」

「ごめんごめん。んじゃ、暑くなってきたし帰るとしますか」

その後、荷台に用意した桶の中にヘドロフィッシュを入れる。

目的のものが手に入った俺達は、汗だくになりながら帰路につくのだった。

◇　◆　◇

無事に街に帰ってきたら、住民達が出迎えてくれた。

先頭にはマイルさんがいて、みんな汗だくである。

今は三時を過ぎたぐらいで、一番暑い時間帯だ。

「クレス殿下！　お帰りなさいませ！」

「ただいまー。ところで、みんなしてどうしたの？」

「皆さんでクレス殿下をお待ちしておりました。街の人にどこに行ったのかと聞かれまして……私達のために、危険な森に行ったとお伝えました。そしたら、仕事を終えた者達が、出迎えるために帰ってくるまで待つと言い出したのです」

「こんな暑いのに……ありがとね」

「いえ、我々は戦うことができませんので……」

「別にいいんじゃない？　人それぞれできることは違うし。俺は魔法が使えるから、それを使って自分ができることをしてるだけだよ」

それに、半分以上は自分のためだ。

スローライフを送るには、まずは環境を整えないと。

「そもそも、貴重な魔法を我々に使ってくれることがありがたいのです。すみません、暑い中立ち話をさせてしまって。それでは、まずはどうなさいますか？」

「まずは以前言った下水処理のところかな。ウォレスさん、ヘドロフィッシュをそこまで運ぼうか」

「はっ！　かしこまりました！」

「タイガさんは、解体場にヌマコダイルを運んでくれるかな？」

「うむ、分かった。俺の方で処理もしておこう」

「じゃあ、よろしくね」

俺は住民に挨拶したあと、タイガさんと別かれて住民地区に向かう。

するとマイルさんが聞いてきた。

「随分と態度が変わりましたな？」

「ん？　ああ、タイガさんのことね。なんか、よく分からないけどそうみたい」

「ふふ、主人殿の戦いを見たからでしょう。獣人の男性は、どんな方法だろうと強い者や守る者には一目置きますから。ただの口だけの男じゃないと分かったのでしょう」

「ふむふむ、そういうことですか。それはよかったですな」

「そうだね。彼には獣人達をまとめてもらいたいし」

そんな会話しながら、地下にある下水処理をしている施設に行く。

そしてその部屋では、排泄物等が管を通して下水道に流れ込んでいた。

かなりの臭いがして、結構きつい。

そんな中、人々が汗を流して働いていた。

「これは、今はどんな感じ？」

俺がそう聞くと、マイルさんが詳しく説明してくれた。

「各家庭に設置されたトイレ等から流れてきて、この一箇所に集まる形です。あとは残った糞《ふん》などを回収して肥料にしたり、できるだけ掃除をしたりして管理しております」

「ふんふん、肥料にするのは大事だね。ただ、これからは最低限でいいかな。とりあえず、ヘドロフィッシュを放とうか」

責任者の方に許可を取り、下水道にヘドロフィッシュを放つ。

するとすぐに、ゴミや糞を食べていく。この調子なら、問題なさそうだ。

「これで、待ってれば少しはましになると思う。悪いけど、責任者の方に管理はお願いするね」

「は、はいっ！　誠にありがとうございます！」

「いやいや、俺がやりたいだけだから。んじゃ、もう一仕事していきますか」

最後にバケツに大量の氷を入れて、それを作業場の四方に置く。

これで、少しは暑さが和らぐはずだ。

しかし、いつまでもやっていられないし……魔石でクーラーとか作らないと。

外に出ると、日が暮れてきていた。

マイルさんが尋ねてくる。

「さて、これからどうしますか？」

「うーん、お腹が減ってるけど少し疲れたかなぁ……そういや、昼飯も食べてないや」

「屋敷に戻ったら何か軽食を用意いたしましょうか？」

「いや、もうすぐ夕飯だから我慢するよ。それに、作りたいものもあるし」

それはヌマコダイルを見たときから、考えていたものだ。

あの大きさなら、住民達に配っても足りるだろうし。

「作りたいですか？　……まさか、クレス殿下自ら料理を？」

「うん、そういうこと。せっかく、いい素材が手に入ったし」

「マイル殿、主人殿は変な王子なので気にしたら負けですよ」

「クオン、変とか言わないでよ」

「なるほど、そうですな」

なぜか納得した様子のマイルさん。

「ちょっと？　別にいいけどさ」

「す、すみません」

「ううん。自分で言うのもなんだけど、それくらいでいいよ」

変に敬われるのは正直言って苦手なので、このくらいの扱いの方が楽だし。

「……承知しました」

「うん、それくらいでよろしく」

「主人殿。それで、何を作るのですか？」

俺はクオンの疑問に胸を張って答える。

「フフフ、よくぞ聞いてくれました……ヌマコダイルの唐揚《からあ》げです！」

「唐揚げですか？　……初めて聞きますね」

「そりゃそうさ。まあ、きっと美味いから楽しみにしててよ」

鶏肉に近いと言われるワニ肉なら、きっと上手くいくはず。

何より、ああいうのは王宮では絶対に食べられない。

そうと決めた俺は、早速行動を開始するのだった。

下処理をしたヌマコダイルを持ったタイガさんと合流して、館の厨房に入る。

その端っこの調理台と、コンロを二つ借りて調理を開始する。

二人いた調理人には、俺の真似をしてもらうことになった。

王宮暮らしはメイドさんが世話してくれていて、確かに楽な部分は多かった。

しかし、どうしても我慢できなかったことがある。

「それはジャンクフードと、熱々の食べ物を食べられなかったことです！　みんな、熱々が食いたいかぁー！」

「お、おー……ちょっと恥ずかしいですね」

「うん、そうだね。俺が余計に恥ずかしくなるからやめよう」

「まだ主人殿には似合いますけどね。流石に、私は十八歳なので」

こういうときに小さいお子さんとかいたら、盛り上がっていろいろといいんだけど。

そういや、アスナの妹とはよく遊んだっけ。

「そういえば、アスナは元気かな？」

「急にどうしたのです？」

「いや、急に出て行っちゃって、たぶん怒ってるからさ」

「間違いないですね」

「……と、とりあえず、作ろっと！」

すると、厨房内でそれを遠巻きに眺めていたタイガさんが笑い出す。

「くははっ！　悩んでいる俺がバカらしくなってくるな！」

「ほら、主人殿のせいで笑われたじゃないですか」

「えっ⁉　俺のせいなの⁉」

「決まってます」

「……本当に仲がいいのだな。さあ、俺は何をすればいい？　こう見えて、料理は得意だ」

「ほんと？　じゃあ、手伝ってもらおうかな。クオンは料理とか苦手だし」

「むぅ……否定ができないのが悔しいですね。では、私は見守ってるとしましょう」

クオンと交代して、タイガさんが隣に来る。

クオンは俺の後ろについて、まだかなーという顔で見ていた。

尻尾がフリフリ動いて可愛い……本人はばれてないと思ってるから黙っておこうっと。

「じゃあ、まずは肉を漬けるタレを作ろう。入れてくから、混ぜていってね」

「うむ、了解した」

ボウルに醤油《しょうゆ》、みりん、生姜《しょうが》、ニンニクを入れていく。

これで、少し甘みのある漬けダレの完成だ。

ちなみに、こうした調味料は大豆や米が特産の国から、交易でこの国にもたらされている。前世で使っていたものと同じものがあると知ったときは驚いたけど、これを活用しない手はない。

そこにヌマコダイルの身をブツ切りにして足していく。

「この状態で十五分くらい放置します。その間にサラダを作ろう。タイガさん、野菜はあるかな？」

「うむ、任せておけ。トマトやキュウリならある。流石に暑さに弱い野菜は少ないが」

「その辺りは、あとできちんと考えてるから安心して。じゃあ、俺はその間に味噌《みそ》汁の準備をしとくね」

タイガさんにサラダを任せ、俺はカボチャを鍋に入れてお湯で煮ていく。

煮えるまでの間に玉ねぎとほうれん草を切っておく。

「うーん、この辺の野菜は暑さに強いからそこまで収穫量は悪くないんだね。問題は暑さに弱い野菜が育たないことか。魔獣とか魔物とかは、これから徐々に狩っていけばいいけど」

「それは主人殿の魔法で解決なのでは？　氷魔法や水魔法を駆使《くし》すればいいかと」

そう提案するクオンだが、流石にそれは問題があるだろう。

「魔力が足りても全部をやってたら過労死しちゃうよ！」

「ふふ、冗談ですよ。ですが、何か考えがあるので？」

「うん、一応ね。どちらにしろ、いろいろと俺がやらないといけないけどね……まあ、そこは頑張るしかないか」

その後、作業を終えたタイガさんが来る。

それを確認したら、鍋に油を入れて火にかける。

「こ、こんな量の油を使うのですか？」

「うん、あとは片栗粉をつけて油に入れるだけだ」

「油の量にも驚きだが、粉をつけるのか？」

「うん、そうするとカリッとした食感になるんだ」

「なるほど……それは楽しみだ」

この世界では揚げ物を見たことがなかった。

油は高級品で、少量を炒め物に使うくらいだ。

だから、普通はこんなに贅沢《ぜいたく》には使えない。

今回は俺が事前に持ってきたからいいけど、これからは考えないと。

その間にカボチャがやわらかくなったのを確認して、玉ねぎを入れる。

その後菜箸を油に入れて、温度を確認する。

「よし、パチパチ鳴ってきたから揚げていこう」

「承知しました。それにしても、暑いですね」

クオンが手で顔をあおぎながら言う。

「まあ、厨房内は基本的に暑いものだよ。この先に美味しさが待っているのだ。あんまり部屋を冷やすと、すぐに冷めちゃうし」

俺の言葉に、タイガさんが頷いた。

「それは言えてるな」

粉をつけた肉を油に入れると……ゴワァア！　という心地よい音が鳴る。

同時に醤油やニンニクの香ばしい香りが鼻腔《びこう》をくすぐる。

「くぅー！　これこれ！」

「いい香りですね」

「ほほう？　こいつはいい」

クオンとタイガさんの顔が綻《ほころ》んだ。

「でしょ？　タイガさん、それじゃ、色がついてきたら順番に上げていってくれる？」

「ああ、任せろ」

できればマヨネーズが欲しいけど、今はまだ我慢だ。

卵は暑いとすぐダメになるし、安定して供給されていないのでそもそも鶏を飼育することから始めないといけない。

俺は横にある味噌汁用の鍋を確認し、仕上げに味噌とほうれん草を入れる。

これでカボチャの味噌汁の完成だ。

すると、タイガさんの声がする。

「おい！　こっちも揚がってきたぞ！」

「おおっ！　いいねっ！」

「ゴクリ……主人殿、一つ食べてもいいですか？」

クオンが唾《つば》を呑み込む。

「我慢して。俺だって、早く食べたいし。とりあえず、順次持っていってもらおうかな。目に入ると食べたくなっちゃうし」

「クク、間違いないな」

タイガさんも期待しているようだ。

「では、私が運んでいきます」

そう言ってクオンは盛りつけられた唐揚げを食堂に運んでいく。

すでに食堂には住民達に集まってもらっている。

お腹が空いたのをこらえて、俺はひたすらに唐揚げを揚げていくのだった。

全てを揚げ終わったら、俺達も急いで食堂に駆け込む！

なぜなら熱々で食べたいから！　やっぱりカリカリで熱々がいい！

俺は、このときのために追放されたと言っても過言ではない！

だが、そんな俺の前に障害が立ちふさがる。

それは……お礼を言おうと、押し寄せる住人達だ。

「クレス殿下！　ありがとうございます！」

「わざわざ森に行って狩りをし、我々のために料理を作ってくれたとか……」

「このご恩は、必ず返します！」

だァァァ!?　そんなのはいいから！

俺は一刻も早く熱々の唐揚げが食べたいんだァァァァ！

「お礼も何もいりません！　恩返しをする必要もないです！　ほら！　皆さんも席に着いてください！　熱々のうちに食べましょう！」

「な、なんと……お礼もいらないと」

「長々と恩着せがましいことも言わないとは……」

「それに、先に食べずに我々と一緒に食べてくださるとは……おおっ、なんと恐れ多い」

住民達は口々にそう言ってくる。

だからもう、そういうのはいいって！

そもそも、何か勘違いされてるし！

すると、マイルさんが俺の前に出てくる。

「みなさん！　ここはクレス殿下のお心のままに！　この方は平民だろうと獣人だろうと共に食事をしたいそうです！　さあ、各々席に着きなさい！」

「そ、そうか」

「我々がこうしていたら、クレス殿下も気を遣って食べられないってことか」

「みんな、急いで席に着こう」

マイルさん説得により、住民達が静かに席に着く。

今の俺にとっては、この方こそが救世主だ。大げさではなくて、後光が差しているように見えてきた。

「マイルさん！　あなたが神かっ！」

「へっ？　い、いや、どっちかというと神様はあなたですが……」

「ほら、主人殿。ささっと食べないと冷めちゃうのでしょう？」

「そうだった！」

俺は慌てて、自分の席に着く。

目の前には味噌汁、サラダ、唐揚げ……白米の混じった麦飯がある。

完全ではないが、そこには俺の求めていた食事があった。

なにせ王都での食事は前世で言う西洋の文化に近く、こういった和食はなかったからだ。

「くぅー！　いただきます！」

「では、私も……主人殿！　なんですかこれ⁉　カリッとしてるけどふわっとしてます！」

クオンは一口食べて感動し、俺の服を掴んでくる。

「わわっ⁉　肩を揺らさないで！　というか、ちょっと待って！」

やはり元日本人としては、作法はしっかり守りたい。

汁物や野菜を食べてから、揚げ物にいかなくてはいけない。

俺はまずは味噌汁に口をつける。

「ズズー……あぁ、うめぇ」

かぼちゃの甘みと玉ねぎの甘み、それに味噌がマッチしている。

クタクタになった苦味のあるほうれん草がいいアクセントになっていて、心が落ち着く味だ。

「次にサラダを食べて……からの唐揚げだ」

俺の前にあるのは最後に揚げたやつなので、まだ熱々なはず。

それを口に持っていき……思い切りかぶりつく。

するとサクッとした食感がして、脂《あぶら》がじゅわっと出てくる。

「ツー！　みょいしい！」

「主人殿、きちんと呑み込んでから言いましょうね。まあ、気持ちは分かりますが……」

クオンはそう言って呆れている。

「もぐもぐ……ごめんごめん、それにしても美味いや」

「ええ、醤油の香ばしさとニンニクが合っていますね」

「うんうん、間違いないね」

しっとりとしつつも、上品な脂が乗ってて……むしろ、鶏の唐揚げよりも美味しいくらいだ。

「どうやら、皆にも好評みたいですね？」

「……ほんとだね」

クオンにそう言われ、俺が食堂を見渡すと、そこには笑ったり話したりしながら、楽しく食事をしている人達がいる。

泣いてる人もいるが、その表情から察するにそれはきっと嬉し涙だろう。

「あ、主人殿！　平気ですか？」

「へっ？　何が？」

「そ、その……涙が出てますので」

「……ほんとだ」

俺が自分の目尻に触れると、涙が出てきていた。

自分でも、どうしてだか分からない。

すると、それに気づいた人々が駆け寄ってくる。

「クレス殿下!? どうしたのですか!?」

「ほら！ だから言ったじゃない！ こんなに騒いだら殿下はゆっくり食べられないって！」

「も、申し訳ありません！ つい美味しくて嬉しくて……こんなに美味しい食事をしたのは久々だったのです……殿下、大丈夫ですか？」

心配してくれる人々を見て、俺は確信する。

……ああ、そういうことだったんだ。

そうか、だから俺は涙を流していたんだ。

これが、俺の望んだものだったから。

「ううん、こちらこそごめんね。それと、悲しくて泣いていたわけじゃないから安心して。みんなが嬉しそうに食べてるのを見て、俺も嬉しくなっちゃったんだ」

「クレス殿下……なんとお優しい」

「はは、そんなんじゃないよ。ほら、だから気にせずに騒いで食べてよ。その方が、俺は嬉しいから」

「……分かりました！　皆の者！　クレス殿下の命令だっ！　食べて飲んで騒ぐぞ！」

「「「おう！」」」

マイルさんの号令のもと、再び食堂が騒がしくなる。

「主人殿……」

「クオン、俺はずっと寂しかったんだ。一人で食べる冷たい食事、聞こえるのは自分の食器の音だけ……ずっと、こういうのに憧れていた」

「すみません、私は城では一緒に食事をするわけにはいきませんでしたので……」

「ううん、いいんだ。クオンは十分、俺の寂しさを埋めてくれたから」

「これからは、一緒に美味しいものを食べましょうね？」

「うん、これこそが俺の求めていたものだ」

前世も、今世も、一人で寂しく食べることがほとんどだった。前世では両親の不仲により、今世では第二王妃の唯一の息子であるがゆえに。それが寂しくて嫌だった。

今さら気づく……俺が一番に求めていたのは、こういう光景だったんだということに。

◆　◆　◆

住民と一緒に食事をして嬉し涙を流す自分の主人を見て、私——クオンも嬉しさを感じていました。

……ふふ、本当にこの方は。

追放された主人殿ですが、その根本の部分は相変わらずみたいです。

王位争いを避け、辺境に来てだらだらしたいと申していましたが……結局、困ってる人を放って置けない方です。

そんなお人好しだからこそ私は仕えていますし……そして何より、奴隷の身分から私を解放してくれたのだから。

この世界において、この獣人の立場は低いとされています。

その理由は主に、この世界で唯一魔力を持たないから。

ただし身体能力は高いので、魔力を込められた首輪をつけられ、奴隷にされてきたのです。

今でこそこの国ではましになったが、他国では未だに獣人の地位は低いまま。

そんな中、当時の私も奴隷として扱われていました。

両親を病気で亡くし、一人で森にいたところを人族に捕まってしまったのです。

そのまま数年、雑用奴隷として扱われて……いよいよ女として売り出される時に彼《か》の方《かた》は現れました。

私は五年前のことを思い返します。

そのときの私は、牢の外から聞こえる大きな音と悲鳴に怯えていました。

「グヘェ⁉」

「な、何者だ……ギャァ⁉」

すると、牢屋の前にいる二名の見張りが叫びながら吹き飛んだのです。

「外道《げどう》に語る名などない」

「オルランドおじさん、速いって！」

そして二人の男性がそう言いながら牢の前に現れました。

「くく、お前も体を鍛えんとな」

「脳筋のおじさんと一緒にしないでよ」

一人は体格の大きな男性で、もう一人は小さい男の子でした。

「おじさん、この子も解放しないと」

「おっと、ここにもいたか、セァ！」

大柄な男性はなんと大剣によって、私が入れられていた堅牢《けんろう》な檻《おり》を斬ってしまいました。

私がいくらやってもビクともしなかったのに。

そして、そのまま大きな方が入ってきて……私は恐怖で体が震えて、思わず悲鳴を上げてしまったことを覚えています。

「ひぃ⁉」

「……クレス、あとは頼んだ。俺だとビビらせちまうみたいだ」

「うん、そうだね。大丈夫だよ、このおじさんは見た目は怖いけど、優しいから」

「一言多いぞ」

「そう？　仕方なくない？」

そのやわらかい声と、場に似合わないやり取りに、私は思わず笑みを溢《こぼ》します。

それは、ここにきてから初めてのことでした。

「ふふ……」

「あっ、笑ってくれた。うんうん、女の子には笑顔が一番だね。それに、綺麗な黒髪だし」

「ふぇ⁉　わ、私、ずっと気持ち悪いって言われてて……」

黒髪は、私にとって大事なものでした。

お母様とお父様の娘という証《あかし》にして、黒狼族の誇りだったから。

でも、ここに来てからは不吉だとか言われていました。

ただ、そのおかげで売れ残っていたという見方もあります。

「嘘⁉　あぁー、めったにいないから、そう言われちゃうのか。少なくとも、僕は綺麗だと思うよ」

「あ、ありがとうございます……あの、あなたは？」

「おっと、失礼しました。僕の名前はクレス・シュバルツ、一応この国の第二王子ってことになってる」

「お、王子様⁉　し、失礼いたしました！　あの、その……」

「大丈夫、落ち着いて。それに、そんなにかしこまることもないから。これからは、君は自由だ」

その言葉で、ようやく実感しました。

自分が辛い日々から解放されたのだと。

そう思った時、目から何かが溢れてきました。

「ウゥ……ァァァァァァ！」

「よしよし、よく頑張ったね」

そう言ってクレス様は、私を撫で続けてくれました。

それも、私が泣き止むまでずっと……

その後に聞いたところ、なんでもクレス様は奴隷を解放するために動いていたらしいです。

私がいた牢の奴隷を全て解放し終わったあと、なぜそんなことをしていたのかを尋ねたけど……

「えっ？　奴隷達を助けた理由？　うーん……特にないかなぁ。ただ、僕自身が気に食わなかっただけ。だから、君が恩に感じる必要はないんだ」

「で、でも……私はあなたにお仕えしたいです」

「そ、そう？　……でも、それなら嬉しいかな。ちょうど一人ぼっちで寂しいところだったんだ」

クレス様は家族仲が微妙らしく、その寂しさを埋めるために、私をお側に置いてくれました。

でも、理由はなんだっていいんです。

この方のおかげでわたしは誇りを取り戻せた……私の髪を綺麗だって言ってくれたから。

そして、この方の側にいたいと願ったのです。


あの時の温もりと優しさを、私は生涯忘れることはありません。

あれから五年経った今でも、脳裏《のうり》に浮かびます。

あの辛い日々も、主人殿に会えたのだから意味があったのだと感じています。

それから、大恩のある主人殿のために強くなろうと、オルランド様に頼み込んで、血反吐《ちへど》を吐くような訓練を重ねてきました。

「主人殿は変わらないですね」

「うん？　……それって褒めてるの？　めちゃくちゃ笑ってるけど？」

「ふふ、どっちでしょうね？」

「ちょっと？　……まあ、別にいいけどさ。やっぱり、女の子は笑顔が一番だし」

その台詞《せりふ》は、あのときのまま……やっぱり、この方は変わっていません。

魔法を使えることを隠してたことや、奴隷解放の真相をはぐらかしたことを、気にしてないと言ったら嘘になります。

でも、言わないということは、何かしらの理由があるのでしょう。

何より、そんなことで私の信頼は揺らぎはしません。

この方の願いを叶えると、剣に誓《ちか》ったのですから。

「ところで主人殿、聞いてもいいですか？」

「ん？　どうしたの？」

「私の黒髪、どうですか？」

「ど、どうって……綺麗だと思うよ」

「ふふ、ありがとうございます」

照れ臭そうに言う主人殿に見て、心がじんわりとしてきました。

最近は恥ずかしいのか、あんまり言ってくれませんし。

それに、胸を見たりすることも増えてきた……そういえばお年頃ですもんね。

……た、確かに、なんでも叶えるとは言いましたけど！

まだそういうのは……ちょっと、勇気がいるのです。

◆　◆　◆

……あいつ～！

待ってろって言ったのに！　結局、私に黙って出て行ったわね！

私は怒りのあまり、自分のベッドの上の枕を殴りつけてしまう。

「アスナお姉様、落ち着いてくださいませ」

その様子を見た妹のレナが宥《なだ》めてくる。

「わ、分かってるわよ！　ふぅ……」

「それで、どうなさるのですか？」

「もちろん、クレスを追うわ。あの馬鹿を放ってはおけないし」

クレスってば、戦う力はないし、政治力もない、よく言えばお人好し、悪く言ったらポンコツってとこかしら。

だから私が側にいて、あれこれやってあげないと！

「でも、クオンさんがいますわよね？　彼女は戦いの腕もあるし、頭もいいので安心では？　別にお姉様が行く必要もないかと……」

「くっ……クオンだけじゃダメだわ！　あの子はクレスに甘いもの！」

「それは確かに……お姉様はクレス殿下に厳しいですから」

「だから置いていかれたのかしら？　私、いつもうるさいことばっかり言ってるから……あいつに愛想《あいそ》を尽かされちゃったのかな？」

私はいつもそうだ。

クレスのことに限らず、思ったことはすぐに口に出ちゃうし、行動してしまう。

そのせいで友達と言える人もあまりいない。

クレスはなんだかんだで優しくて、私のわがままに付き合ってくれていた。

「ふふ、可愛いお姉様。クレス殿下に嫌われたと思って、落ち込んでいらっしゃるのですね？」

「な、なっ……！　ち、違うわよ！」

「あら？　違うのですか？　もしそうなら、私もお手伝いをしようと思いましたのに」

「うぅー……だってクオンは連れて行ったのに、私は連れて行ってくれなかったから」

「それは当然ですわ。お姉様はカサンドラ公爵家長女にして、『神速《しんそく》』の異名を持つ剣士なのですから。そもそも嫁入り前の娘が、危険な辺境の地に行くことなど、許されることではありません。連れて行かなかったのは、クレス様なりにお姉様のことを思ってのことだと思います」

確かに財務大臣であるお父様にも国王陛下にも直訴《じきそ》したけど辺境行きは許されなかった。

お父様からは年頃の娘なのだからもっとおしとやかにとか、剣はやめて舞踏会に出なさいとかなんて小言も言われた。

早く結婚相手を見つけなさいとか……私はクレスがいいのに。

そうだ、クレスだけは私にそんなことは言わなかった……クレスだけが、私がやりたいことを応援してくれた。

「……私、クレスに会いたいわ」

「まあまあ！　そういうことでしたら、私の方からもお父様を説得いたしますわ」

「ほんと⁉」

「ええ、大好きなお姉様のためですもの。手を回しますので、ちょっと待っててくださいね」

「レナ！　ありがとう！」

「ふふ、お礼などいらないですわ……これは私もどうにかねじ込まないと」

「ん？　何か言った？」

「いいえ、何も。では、早速行ってまいります」

そう言い、レナは私の部屋から出て行く。

行動が早いのは、私と唯一似てる点かもしれない。

容姿はまったく似てないけど……あの子ってば、私より胸が大きいし。

「ふふ、これで勝ったも同然ね。お父様は、レナに甘いし」

「おっと、今すれ違ったのはレナちゃんか」

「あら、アークじゃない。ちゃんとノックを……レナが開けっ放しにして行ったのね」

声に振り返ると、ドアの前にいたのは、私の従兄でもあるアーク・カラドボルグだった。

侯爵家の次男坊で、馬が合うのかクレスと仲がいい。

「そういうことだ。暗い顔をしてるかと思ったが……なるほど、レナちゃんが動くのか」

「ええ、お父様を説得してくれるって」

「それなら、俺の方でも動いておくか。そうすれば、確率は上がるし」

「あなたも行くつもりなの？」

「当たり前だろ。こんな面白……親友が心配だしな」

「面白いって言ったわね」

次男坊ゆえなのか、アークはちゃらんぽらんだ。

それがクレスと合うのか、いつも遊んでいた……それに対して私はいつも怒鳴っていたっけ。

今なら分かるんだけど……ただの、嫉妬《しっと》だった。

「気のせい気のせいっと。とりあえず、俺も行くつもりだ。どうせ、ここにいてもやることないしな」

「そうね」

「即答かよ。んじゃ、早速動くとするか」

そう答えるアークの言葉に、なぜか頼もしさすら感じた。

「その……ありがとう」

「クレスにも、それくらい素直ならいいんじゃね？」

「う、うるさいわねっ！　ささっと行きなさい！」

「へいへい、分かりましたよ」

今度はきちんとドアを閉めて、アークが出て行く。

「そうとなれば、今のうちから準備をしないといけないわね」

あちらは暑いと聞いたから薄着も持っていこうかしら……でも、体形が分かっちゃうから嫌なのよね。

クレスにも見られるわけだし……っ～⁉　何を考えてるの⁉

そんなことを思いつつ、私は旅の準備を進めるのだった。

二章　これからのこと

……い。

……つい。

……暑い！

「だァァァ！　暑いってばよ！」

「主人殿、うるさいです」

「だって暑いんだもん!?」

ここに来てから三週間ほどが経った。

おそらく外の気温は三十五度近い。

一応、氷魔法を使って軽減はしているんだけど。それでも、氷はすぐに溶けてしまうから、あまり根本的な対策にはなっていない。

「それは知ってます」

「クオンは意外と平気そうだね？」

「私の着ている服は風通しがいいですから」

「そうなんだ、確かに生地はそう見えるね」

「というか、発注して着させたのは主人殿じゃないですか」

「まあ、それはそう」

足も草履《ぞうり》、赤い袴《はかま》姿……巫女《みこ》さんとかに近い感じで、完全に俺の趣味である。

黒髪ロングの美女であるクオンには、とてもよく似合っていた。

それで大剣を振るうっていうギャップがいいんだよね。

「こっちの職人に作らせてもいいかもしれないですね」

「あっ、なるほど……特産品とかにもなるかも。実際、王都にいる頃は興味を持たれたこともあったし」

「ええ、冒険者をしてるときも、よく聞かれましたね」

「ふんふん、涼しいしいいかも」

すると、領主部屋にマイルさんが入ってくる。

「クレス殿下、少しよろしいですか？」

「うん、平気だよ。どうかした？」

「いえ、ここに来て一週間が過ぎたので、今後のお話をしようと思いまして」

「そっかぁ……あっという間だったね」

「ええ、本当に。クレス殿下もお疲れでしょう」

ここに来てから毎日動きっぱなしだ。

朝晩と氷を作りまくって住民に配り、昼間は視察や机仕事……あれ⁉　スローライフはっ⁉

このままではまずい！　これに慣れちゃダメだ！

「その通り！　なのでお休みを要求します！」

「主人殿、たった今これから話し合いをすると言ったばかりでしょうに」

「ぐぬぬっ……そうだった」

「申し訳ありませんが、お休みはもう少々お待ちください。それ込みで話があるのです」

「なるほど……そういうことなら話を聞きましょう」

「主人殿、今さらキリッとしてもダメですよ？」

「と、とにかく！　話って何？」

クオンのツッコミを受け流した俺はソファーに座る。

ついでに部屋の四方にあるバケツに氷を足しておく。

そして、目の前にマイルさんが座り、大きい紙を広げる。

「では、今後の話をいたします。クレス殿下のおかげもあり、下水道が徐々に綺麗になってまいりました。これで病気などをする者も少なくなりますし、仕事環境もよくなったかと」

「うんうん、それはよかった。やっぱり、病気は怖いからね」

「あとは噴水に定期的に水と氷を入れてくれることで、あそこで水浴びをして涼《りょう》を取る人達が増えました。おかげで広場に活気が戻り、人々が明るくなってきたかと」

「うんうん、やっぱり気持ちが明るくならないと、よいことないよね」

「いやはや、食堂で民と共に食事をすることで、クレス殿下に恐れをなしていた者達が親近感を覚えたようです。それによって、クレス殿下の魔法もありがたく使わせていただこうという空気になったのです。まさかそこまでの狙いがあったのかと、その先見の明には恐れ入りました」

「ま、まあねっ！」

単純に寂しかったのと、自分が水浴びをしたかっただけだけど！

「主人殿？　あまり見栄を張るのはよろしくないかと」

「ぐぬぬ」

「ほほ、クレス殿下とクオン様は相変わらず仲がよろしいですな。それもあって獣人達も態度が軟《なん》化《か》してきました。さて、そろそろ本題に入りましょう」

「そ、そうだね」

……そういえばそうだった。

今後はどうしようって話だったね……アブナイアブナイ。

「まずは、今後の領地経営について、クレス殿下の考えをお聞きしたいと思っております」

「プールや大きなお風呂が欲しい！　あっ、プールっていうのは大きな池を人工的に作ったやつだよ」

「ふむふむ、つまりは憩いの場と癒《いや》しの空間ですか。確かに、我々は張り詰めて生活をしておりました。人を集めるために、そういうものもあってもいいでしょう。しかし、それにはドワーフなどの力が……まさか！」

「そう、俺はドワーフの方々を誘致《ゆうち》したいと思ってます」

ドワーフ、それは物作りと土魔法の達人。

彼らがいれば、プールやお風呂も作れるはず。

もしかしたら、氷室《ひむろ》なんかも作ってくれるかもしれない。

彼らの特性は辛口の食べ物とアルコールを好むこと、豪快《ごうかい》な性格で細かいことは気にしないこと、気に入った者にはきちんとした対応をするが、無礼な者には冷たい態度を取るということだ。

ただ、この国とドワーフの国ガルディアとの関係はあまり良好とは言えず、何の見返りもなしに来てくれと言ったところで徒労に終わるだろう。

しかし、俺には秘策がある。

「むむむっ、私もいずれはそれを考えておりましたが……しかし、彼らが国を離れて来てくれるでしょうか？　うちには、まだ特産品と呼べるものもありませんし」

「ふふふ、それについては考えがあるんだ。ただ、そのためにはいろいろと準備がいる」

「ほほう？　詳しく聞かせていただいても？」

「ええ、もちろん」

ドワーフの特性を踏まえた上で、俺はとある提案をする。

それを聞いたマイルさんは神妙そうに頷いた。

「……いけるかもしれません」

「しかも、そうすればアレも手に入るし」

「ええ、ええ、上手くいけば……試す価値はありそうですな」

「じゃあ、明日から始めるとするよ」

マイルさんの許可を得たので、あとはやるだけだ。

ふふふ、プールにお風呂があればスローライフに一歩近づくよね！

◇　◆　◇

そうと決まれば、次の日から行動を開始だ。

めんどくさいけど、こればっかりは俺がやらないと。

それに時間がかかるので、なるべく早めに動いた方がいい。

「ふぁ～……朝の水も仕込んだし、噴水に水を入れたし、やりますか」

一仕事終え、執務室に戻ってきた俺がそう言うと、クオンが尋ねてくる。

「結局、何を作るのです？　私にはよく分からなかったですが、ドワーフを呼ぶのですよね？」

「ふふふ、よくぞ聞いてくれました！　ドワーフ大好きラガービールを作ります！」

「ラガービールですか？　……初めて聞く単語ですね」

「大陸の外を知らないクオンが知らなくても無理はないよ」

なにせ、この大陸にはエールビールしかなく、ラガービールというものが存在しない。

そして、その理由も分かってる。

ラガービールを作る際は、気温が低い環境が必要となる。しかし、この大陸は暑すぎて、そのような環境が用意できないのだ。

「主人殿もこの国から出たことがないですよね？　それはどこで知ったのですか？」

「王城にある書庫だよ」

「なるほど、よくサボって篭《こも》ってましたね」

「そういうことさ。そこで見つけたんだ」

いやー、日頃からサボってたのが役に立つは。

そこで見たのは、数百年前にはラガービールもあったという記述だった。

ラガービールは低温の環境で発酵させないと作ることができない。

この大陸は温暖化が進み、ラガービールは消え去ったと推測される。

「では、これから作るのです？　というか、作れるのですか？」

「いやいや、俺は専門家じゃないから作れないよ。とりあえず、ドワーフを呼び寄せる餌として使う。ラガービールを作るには、氷が大量に必要なのさ」

「なるほど……見えてきましたね。今のところ、主人殿にしか氷魔法は使えない。そして、ドワーフはビールが好き。つまり、飲みたければ主人殿に協力しろと要求するのですね」

「ふふふ、そういうことさ。マイルさんに頼んで、『美味しいビールが飲みたければ、我の下に来い』と手紙を送ってもらった」

「では、その返事待ちということですか」

「うん、そうだね。となると、こっちもその前にやることがあるね」

おそらく、ドワーフ族はすぐ食いつくはず。

そしてラガーを欲しがるだろうけど、それに使う魔石が足りない。

「魔石集めですね？」

「そういうこと。ただ、森の奥に行くのには精鋭が必要だなぁ〜。この前のメンバーでは、あの森を開拓して手強《てごわ》い魔物とかを倒すのは厳しいよね」

「私も主人殿も強いですが、流石に二人だけでは……せめて、もう一人か二人いれば」

「うーん、今いる住民達が強くなるのを待ってたんじゃ遅いし」

そんなことを話し合っていると、何やらドタドタと足音が聞こえてくる。

同時に、何やら叫び声も聞こえる……しかも、聞き覚えのある。

「待てって！」

「お姉様！　お待ちくださいませ！」

「いやよっ！　ここね！　クレスがいる場所は！」

「……クオン、嫌な予感がする」

「予感ではなく事実かと。なにせ、もう目の前にいるので」

その言葉の通り、執務室の扉がバーン！　と開かれ……そこに青い騎士服を纏った赤髪の少女がいた。

息が乱れてるし、自慢のポニーテールもぐしゃぐしゃだが……それは幼馴染のアスナだった。

「クレス！」

「ぎゃぁぁぁ!?」

「ぎゃぁって何よ！」

「そりゃ、ぎゃぁーだよ！　なんでいるの!?」

「それは来たからよ！」

「見れば分かるよ！」

どうして、こんな辺境にまで来たの!?

この子、一応は公爵家の令嬢なんですけど!?

そして、相変わらず話が通じないんだけど!?

アスナに続いて二人の男女が執務室に入ってくる。

「だー！　だから待てって！」

「もう！　お姉様ったら！　いくらクレス様に会えるからって……」

「そ、そんなんじゃないわよ！　こいつが何かしでかしてないか心配しただけ！」

あとからやってきたこれまた見覚えのある二人に俺は声をかけた。

「声で分かってたけど、君達までいるとは。久しぶりだね、レナちゃんにアークも」

「ご無沙汰《ぶさた》しておりますわ、クレス様」

「よう、クレス。相変わらずで安心だ」

「うん、二人も元気そうでよかったよ」

そこにいたのはカサンドラ公爵家次女にして、賢姫の異名を持つレナちゃんで……アスナとは違い、清楚でおしとやかな女の子で金髪ロングの美少女である。

そして、俺の親友でもあるアーク・カラドボルグ……チャラ男でイケメンで家柄もいいという、にっくき親友である。

「ちょっと？　私への対応と態度が違うんだけど？」

「話が通じないから、しょうがないじゃないか」

俺がそう答えるとアスナが俺の肩を掴み前後に揺らしてくる。

「どういう意味よ！」

「だから体を揺らさないでぇぇ～！」

これは失言だったか。

するとクオンがそっとアスナの腕に触れる。

「アスナ様、ひとまず落ち着いてください」

「ク、クオン……コホン、そうね」

アスナはようやく落ち着き、俺から手を離した。

「ほっ、ようやくかぁ……さて、何から話す？」

「まずは、簡単に俺が説明しよう。国王陛下から、お前の様子を見てくるように指示を受けた。それで見に来たのが、俺達三人ってわけだ」

「めちゃくちゃ簡潔だね。でも、父上も変だね。追放したんだから放っておけばいいのに」

そりゃ、俺自身も自分から追放されるようには仕向けた。

でもそれは、あの王城には俺の居場所がなかったという点も大きい。

今さら心配されても、正直困惑しかない。

「いや、それは……まあいい。とにかく、そういうことで俺達が来たんだ。しばらくの間、厄介《やっかい》になるぜ」

「ええっ!?　三人とも、しばらくいるの!?」

「な、何よ？　やっぱり嫌……？」

「できるだけ、ご迷惑はかけませんわ」

しおらしく聞いてくるアスナに、補足するレナちゃん。

「うーん、嫌ってことはないけど……」

責任が重い。

なにせ、ただのスペアである俺より、今やこの三人の方が国の重要人物だ。

特にアスナとレナちゃんの親父さんはめちゃくちゃ怖いので、二人に何かあったら殺されかねない。

無論、彼らにはお付きの護衛達がいるだろうから任せてもいいけど。

すると、クオンが俺に耳打ちしてくる。

「主人殿、別にいいのではありませんか？　それに、国王陛下の命令なのですから、追い返すと勅命に反することになりますよ」

「そりゃー、そうだけど」

「それに、これで戦力が整います」

「……確かに、バランスのいいパーティーができるね」

アスナは双剣使いで、その実力は騎士団からの折り紙つき。

レナちゃんは癒しの力が使えるし、頭もいいし気配り上手だから、後方のサポート役に適任だ。

アークは槍《やり》使いなので、中衛を任せることができる。

「ええ、そういうことです。あと、アスナ様には優しい言葉をかけてくださいね」

クオンから思ってもみないことを言われたので、俺は聞き返す。

「えっ？　どういうこと？」

「いいですね？」

「わ、分かったよ」

話し合いが終わったので、三人に向き直る。

「な、何をコソコソしてたのよ？」

「ごめんごめん。んじゃ、とりあえず三人を歓迎します」

「おっ、そいつはよかったぜ」

「ふふ、よかったですわ。ねっ、お姉様？」

「……私もいてもいいの？」

「うん？　そりゃ、もちろん……アスナ、君が来てくれて嬉しいよ」

「っ〜⁉　ふ、ふんっ！　しょうがないわね、私がいろいろ面倒を見てあげるわ！」

クオンに言われた通り、優しい言葉をかけるとアスナはいつもの元気な声で返してくれた。

ふふふ、これは計算外の出来事だったけど助かったかも。

これで、森の探索をすることができ、魔石を効率よく集めることができる。

ひいては、俺のスローライフに近づく！　……近づいてるよね？

その後、マイルさん、ウォレスさん、タイガさんを執務室に叫んで、事情を説明した。

「なるほど、そういうことでしたか。騒がしいので、何があったかと思いましたよ」

マイルさんは安心したようだ。だが、ウォレスさんは慌てて頭を下げた。

「申し訳ありません！　私が公爵家の家紋に驚き、そのまま通してしまいました」

「いえいえ、それは大丈夫ですよ。ただ、この子が猪突猛進なだけですし」

「わ、悪かったわね……ごめんなさい」

素直に謝罪するアスナを見て俺は驚く。

「アスナが謝った⁉　てーへんだ！　こいつは事件だ！」

「私だって謝るくらいするわよ！」

アスナはそう言いながら俺の背中をポカポカと叩いてくる。

「ごめんって！　だから叩かないで！」

すると、それを見ていたマイルさん達は戸惑いを隠せない様子だ。

まあ、第二王子と公爵令嬢には見えないよねー。

「ほ、ほら、他の人がぽかんとしちゃってるから」

「むぅ……あとで覚えてなさい」

「ひぃ……忘れようっと」

「はは……ともかく、お三方が滞在することは了解いたしました……私の胃が持つ限り頑張ります」

マイルさんが顔を引きつらせながらそう言った。

すると、レナちゃんが何かの紙をマイルさんに差し出す。

それを横目で確かめると、父上の署名が目に入った。

「ご心配には及びませんわ。ここで我々に起きたことは、全て自己責任とするという覚書《おぼえがき》もありますの」

「……確かに書いてありますな」

アークが腰に手を当てながらマイルさんに向かって言う。

「そうそう、というわけでマイルさんだっけ？　あんたが心配するようなことはない。自分の身は自分で守れるくらいには強いつもりだし。ただ、ここに住まわせてもらって、飯を食えれば文句は言わない。すまないが、世話になる」

「お世話になりますの。ほら、お姉様も」

おしとやかに頭を下げたレナちゃんに促され、アスナも頭を下げる。

「お、お世話になるわ」

「あ、頭をお上げください！　……分かりました、覚悟を決めましょう」

とりあえず、これで話は済んだので……本題に入ることにする。

ドワーフさん達から手紙の返事が来る前に、こっちも準備を進めないと。

「さて、三人には俺と一緒に仕事をしてもらうよ。働かざる者食うべからずってね」

「へっ？　クレスが仕事を？　何をしてるの？」

「何って魔法を使って噴水を直したり……」

俺の言葉に、呆れたような返事をするアスナ。

「何を言ってるのよ？　クレスが魔法を使えるわけないじゃない」

「おいおい、親友。いくらなんでも、その冗談はツッコめないぜ」

アークも同じく、呆れているようだ。

「あっ……そういや、そうだった」

三人にはまだ魔法を見せてなかった。

「主人殿、そこから説明というか……見せないと信じないかと」

クオンの言葉に頷き、俺はひとまず掌から氷を具体化させて浮かせる。

すると、三人が固まり……一斉に目を見開いた。

「「「……ええっ!?」」」

「まあ、そうなりますよね」

「こいつは驚いたな……まさか、魔法が使えるようになったとは」

「し、しかも、失われたと言われる氷魔法ですわ……」

「ど、ど、どういうことよ！　いつから使えたの!?　クオンは知ってたの!?」

アークとレナちゃんは信じ難いといった感じで呟き、アスナはあからさまに取り乱して問い詰めてくる。

「いえ、私も知ったのはこっちに来てからです。どうやら、隠してたみたいなので……」

クオンがアスナに答える。……別に隠してはいないんです。

ただ、使えるとは思ってなかったんです。

あの女神、ちゃんと説明してくんないんだもん！

「隠してたのか……どうしてだ？」

「決まってるじゃない！　こんなことが使えるって分かってたら大変よ！」

「そうですわ。もし、分かっていたら……王位継承に影響があったに違いありません」

レナちゃんはアスナに同調し、アークは納得したようだった。

「そういうことか。しかし、親友、水臭いぞ。俺にくらいは教えてくれてもいいだろうに」

「はは……いやぁー、敵を騙《だま》すには味方からっていうじゃん？」

どう説明したところで、前世の話とか伝わる気がしないし、誤魔化《ごまか》すことにする。

伝わったとしても、それはそれで面倒だし。

「確かに、俺達が知っていたら王位を巡る状況も変わっていたか……クレスが馬鹿にされてる時に、それを言ってしまわない自信はない」

「そうですわね。それに秘密を知ってる人は少ないに越したことはないですし」

「むぅ……私も黙ってる自信はないわ」

よかった、上手く切り抜けられたみたいだ。

「私もですね。主人殿は、これまで耐えてきたというわけです……この国のために」

「へっ、流石は俺が認めた男だ」

「流石はクレス様ですわ！　……私のお兄様になる方ですからそうでないと」

「わ、私だってそうよ！　だから、ここまで追ってきたんじゃない！　ふふふ、楽しくなってきたわね」

何やら三人から期待の眼差しを受けてる。

……どうしてこうなったァァァ⁉

その後、魔法についてははぐらかしつつ、三人にも俺の計画を簡単に伝える。

そして、その日は三人も疲れてるということで、明日の朝に森へ出かけることにした。

夕飯を食べて早めに就寝した彼らを見送ったあと、クオンと一緒に自分の部屋に戻る。

「ふぅ……まさか、こんなことになるとはね……まあ、計画は進みそうだし、そう考えたらいいことなのかな？」

「流石にびっくりしましたね。アスナ様は来ると思ってましたが、アーク様にレナ様まで来るとは」

「いや、俺からしたらアスナも驚きなんだけど？　あれかな、クオンと模擬戦がしたかったのかな？」

「ふふ、どうでしょうね？」

「何やら意味深だなぁ」

しかし、来てしまったものは仕方ない。

それに、三人が来てくれて嬉しいのも事実だ。

生活し慣れた王都を出て、わざわざ俺に会いに来てくれたんだ。

「まあまあ、とりあえず助かったのでいいじゃないですか。これで、目的の達成に近づきましたし」

「まあ、それはそうだね……さて、これはどうしよう？」

「その手紙ですか……読まないので？」

「いや、読むけどさぁ……」

クオンが言っているのは、俺の手にあるもの。

夕食を食べたあと、アークから渡されたものだ。

それは、父上からの手紙だった。

「何が書かれてるか怖いですか？」

「……うん、そうだね。父上とは、会話らしい会話もしたことないし。何が書いてあるか想像ができなくて怖いかな」

「確かに私が主人殿にお仕えしてから、話している姿を見たのは両手で数えられるくらいですね」

「しかも、事務的なことだけだよ。ちゃんとした話なんか、少なくとも俺は覚えてないや……埒《らち》が明かないから見るかなぁ」

「私はいない方がいいですか？」

「ううん、そのままでいいよ。というか、一人で読む勇気が出ないから、いてくれると嬉しいな」

そして、ある程度の覚悟を持って封筒を開けて、中身を読み始める。

そこには、事務的な文章が書かれていた。

正式に俺を領主と認めることや、注意事項、やるべきことや心構えなどが淡々と綴《つづ》られていた。

「まあ、予想通りだね」

「ですが、もう一枚ありますよ？　ほら、小さい紙が入ってます」

「あっ、ほんとだ、見えてなかったや」

封筒を確かめたクオンの手から手紙を受け取る。

それはメモ帳程度の小さな紙だった。

そこには、短い文が書いてある……

『クレスよ、元気にしているか？　追放した身で何を言ってるかと思われるかもしれないが、私個人としてはお前のことを心配している。お主の母も体が弱かった……どうか体だけには気をつけてくれ。そして、弱い私を許してくれ』

「……どういう意味？」

「普通に心配をしているのかと」

「いや、確かにそう見えるけど……」

こんなこと、今まで言われたことなかった。

顔を合わせれば、父上は目を逸らすか小言ばかり。

厳格な父親って感じで、俺はどう接していいか分からなかった。

「つまり、国王としてと父親としては考えが違うということかと。ただ、『弱い私』っていうのはよく分からないですね」

「うーん、そういうことなのかな？　仕事とプライベートは別みたいな。確かに弱いっていうのは謎だね……まあ、いいや」

「そうですね。今の時点で考えても仕方ないかと」

「そうそう。とりあえず、明日のことを考えないとね」

今さら、身内に期待することなんかない。

前世でも、散々裏切られてきた。

仲直りすると言った両親は別れ、母親も俺を置いて出て行った。

それから一度も、俺に二人から連絡が来たことはなかった。

もう……期待して傷つくのは嫌だ。

◇　◆　◇

翌朝になり軽くご飯を食べたら、早速行動を開始する。

玄関に俺、クオン、アスナ、アークの四人が揃う。危険なので、レナちゃんには待機してもらっている。

その後ろにはタイガさんと、数名の獣人がいる。

彼らには荷物運びや食材集めに専念してもらう。

俺達四人はできるだけ多くの魔物を倒し、魔石を回収する予定だ。

「それにしても暑いわね……半袖《はんそで》の騎士服を用意したけど、それでもきついわ」

「確かにあちーわな。まだ日も昇りきってないってのに」

「そうだよねー。ただ、これが終われば少しはマシになると思うから頑張って」

アスナとアークの二人を、俺は仕方ないことだと説得する。

そう、今回の探索は氷魔法を込める魔石を集めるためのものだと、皆にはすでに説明してある。

そしてクオンが口を開く。

「そのために、我々は森に行くというわけです」

「ええ、分かってるわ。とりあえず、強い魔物を倒して立派な魔石を手に入れればいいのね」

「んで、あわよくばダンジョンを見つけると……へっ、久々に腕が鳴るぜ」

アスナもアークもやる気を見せてくれる。

そして俺達はマイルさんにあとを任せ、森へと出発する。

道中は、守備隊の方々に巡回をお願いしてるので、問題なく進んで行く。

そして、予定通りに二時間くらいで森の前に到着した。

「はい、最終確認です。前衛はクオンとアスナ、中衛はアーク、後衛は俺で行きます。獣人の方々はそのあとをついてきてください」

「分かったわ。ふふ、クオンと共闘なんて久々ね」

「ええ、そうですね。頼りにしてますよ」

「それはこっちのセリフよ。ただ、負けないから。私の方が強いってことを教えてあげるわ」

「いいでしょう、受けて立ちます。私の方が役に立つということを見せてあげましょう」

……二人の間に火花が見える。

相変わらず、この二人は仲がいいんだか悪いんだか分からない。

前へと進んでいく彼女達を見てそんなことを思っていると、アークが肩を組んできた。

「へっ、モテる男は辛いねぇ？」

「どういうこと？　それは嫌味かな？　アークの方がモテモテじゃん」

俺が足を止めて答えると、アークはため息をついた。

「……はぁ、我が親友ながら心配になるぜ。まあ、俺は面白いからいいけど」

「だから、どういう……」

「クレスー！　何をちんたらやってるのー！　ほら、早く行くわよ！」

「はいはーい！　分かってるよー！」

先に行ってしまう二人を追って、俺とアークも森の中へ入っていくのだった。

◇　◆　◇

いやぁー、安心して見ていられるね。

前を行く二人に対しそんな感想を抱きながら、俺はのんびりと森を歩く。

なぜなら、今のところ手助けをする必要がまったくないからだ。

「セァ！」

「ヤァ！」

クオンとアスナは見事な連携プレイで現われる魔物を瞬殺《しゅんさつ》していく。

「ふふ、相変わらずの双剣捌《さば》きですね。私は手数が足りないので、かなりうらやましいです」

「そっちこそ、相変わらずの腕前ね。私からしたら、その大剣を振り回せる力がうらやましいわよ」

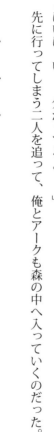

確かに、二人共それぞれタイプが違う。

双剣で手数と素早さで戦うアスナと、大剣で一撃と力で戦うクオン。

大物はクオン、小物はアスナが仕留めるという分担で対処していくため、俺達はすることがない。

「うんうん、楽チンだね。それに、二人共仲がいいみたいだし」

「……お前の目は相変わらず節穴だな。いや、仲はいいのは間違ってないんだが」

俺の感想に対し、アークが呆れたように言う。

「えっ？　どういうこと？」

「ほら、見てみろよ」

アークに言われて見てみると、魔物を倒し終えた二人が言葉を交わしていた。

「いえいえ、私はこんな体ですから。アスナ様みたいに細いのがうらやましいですね」

「私だって、貴女《あなた》みたいにむっちりした体形がうらやましいわ」

「「……ふふ」」

……なんだろ、少し寒気がする？

俺の目には見えない何かが、二人の間に迸《ほとばし》っているような……

「ったく、相変わらずだな。しかし、魔法もそうだが、俺にまで言わずに辺境に行ってしまうとは水臭《くさ》えな」

「ごめんごめん。いや、こっちも割と急だったからさ。護衛をつけるとか面倒なことを言われたから、ささっと出てきちゃった。というか、今さらだけど、来て平気なの？　次男坊だけど、俺とは違って有能だし」

「ん？　ああ、そういうことか。実はうちの兄貴の結婚が決まってな、俺は晴れてお役御免だそうだ。ちょっといろいろと将来を考えたいって言って、こっちに来る許可を取った」

「そういうことかぁ。うーん、おめでとうでいいかな？」

アークの家も少し特殊だ。

俺と同じで母親が違う兄弟だし、アークの母親の方が貴族としての格が高い。

アークは兄弟同士の権力争いを避けるために、上手く立ち回っていた。

そういうところが、俺と気が合ったんだよね。

「ああ、それでいい。俺が家を継いだら、それはそれで問題が起きる。母上や母上の実家は文句を言うが、俺としてはこのまま平和がいいぜ。別に兄貴は普通に優秀だしな」

「うんうん、平和が一番だよねー」

「ふっ、そしてお前も同じ考えだったとは驚きだ。そのために力を隠していたんだろ？」

「はは……どうかなぁ」

「まあ、いいぜ。そこは曖昧《あいまい》にしてた方が正解だし」

アークは無能の俺とは違い、本当に優秀がゆえに一歩下がってきた。

だから同じと言われると少しむず痒《がゆ》い。

まあ、気持ち的には一緒だからいっか。

そう思っていると前方から怒鳴り声が聞こえてきた。

「ちょっとあんた達!?　か弱い乙女だけを戦わせて何やってんのよ！」

「そうですよ、お二方。喋ってないで手を動かしてくださいね！」

ツッコミどころ満載《まんさい》な怒声に俺はアークと顔を見合せる。

「……聞いたかい、アークさん？　あれでか弱いですってよ」

「聞きましたぜ、クレスさん。ちゃんちゃらおかしなこと言ってるな」

「「何か言ったかしら（でしょうか）？」」

「「何も言ってません！」」

二人の言葉に生命の危険を感じた俺達も戦いの準備をする。

二人と交代し、アークが槍を構えて前進し、俺が後ろに控える。

「ギャキャ！」

「ブホッ！」

するとゴブリンが二体飛び出してきた。

「ちっ、雑魚とはいえ本当に数が多いな。クレス！　隙を作れるか!?」

「はいよっ！〈アクアショット〉！」

「「ガァ!?」」

もしもの時のため、魔力の無駄遣いはできないので、俺は下級魔法を放つ。

俺の放った水の弾はゴブリンの顔面に当たり、奴らの視界を一瞬塞いだ。

「ナイスだっ！　ハァァァ！！」

動きがにぶったその隙を逃さず、アークは槍を何度も突き出した。

「おおっ〜！　相変わらず素早い突きだね」

アークはいわゆる五月雨《さみだれ》突きというやつで、間合いに入った魔物達を一瞬で葬《ほうむ》った。

流石は、士官学校を首席で卒業した男だ。

「まっ、こんなもんよ。それにしても、本当に魔法が使えるんだな」

「ほんとよ。これなら、狩りとかにも誘ったのに」

「はは、ごめんね。まあ、今できてるから許してよ」

「それは言えてるな。まさか、クレスとこうやって冒険ができるとはなぁ」

「ふふ、そうね。昔は、三人で冒険者になるんだとか言ってたっけ」

「あぁー……そんなこともあったね」

まだ俺が記憶を取り戻す前で、無邪気に修業してた頃だ。

自分は何者にでもなれるし、そうすれば父上に兄上や姉上が構ってくれると思っていた。

結果的にそんなことはなかったし、才能が現れることはなかったんだけど。

「では、今からでも遅くありませんね。主人殿は、これから何者にもなれるのですから」

「それもいいかもね。俺は晴れて自由になったし、一段落したら冒険者っていうのも悪くないや。その時はクオンも手伝ってね？」

「ええ、もちろんです。私も仲間に入れてくださいね」

「おいおい、楽しい話じゃゃんか。そいつは、俺も是非参加したいぜ。というか、今からでも構わないだろう。別に領主が冒険者になっちゃいけないって決まりはないし」

「確かに、そんな決まりはないね……うん、いいかも」

「待ちなさいよ、あんた達ばかりずるいわ。私だって……というか、最初は私が言い出したんだから」


こうして、四人で集まるのは久々だ。

だから思い出話やこれからの計画の話に花が咲いてしまった。

今はこの場にいないレナちゃんも含めて、彼らが俺の寂しさを埋めてくれていたことを思い出し、来てくれたことを改めて嬉しく思う。

このメンバーでダンジョン攻略や旅をしてみたいね。

◇　◆　◇

とまあ、ほのぼの探索してた俺達だけど……

森のかなり奥まで進んできて、流石にそうはいかなくなってきた。

「クオン！　そっち行くわよ！」

「ええ！　分かってます！」

クオンとアスナが森の中を縦横無尽《じゅうおうむじん》に駆け回り、魔物を仕留めていく。

この辺りは魔物が多く、魔獣を食い散らかしているようだ。というのも、魔獣にはまだ一体も会っていない。

ヌマコダイルみたいな強い個体や、隠れるのが上手い魔獣は別だろうけど。

「アークはこちらに近づきそうな敵をよろしく！」

「おうよっ、任せろ！」

「タイガさん達は後ろで固まって行動してください！　できれば打ち漏らしを始末してください！」

「うむ！　任せておけ！　我々のことは気にせんでいい！」

タイガさんからはそんな頼もしい返事があった。

そして俺が前にいる二人のフォローを始める。

両手の指を広げ、それぞれの指の先から弾丸を出すイメージをして……放つ！

「〈アイスショットガン〉！」

「ギャキャ!?」

「ブホッ!?」

放った氷の弾丸は前方にいた何体かの魔物を魔石に変えた。

「ひゅー、やるじゃん」

アークがそう褒めてくれる。

「へへ、まあね」

これなら十発同時に放てるし、打ち損じてもどれかは当たる。

これまで魔力を温存してきたから、まだまだ余裕はあるし。

「ただ、相当ほったらかしだったみたいだな。こんなに魔物が増えちまっているとは」

「十年以上前から放置されてるしね。スタンピードが起きてもおかしくないぐらいだね。こんなに魔物ばかりで魔獣が見当たらないってことは、この辺りの魔獣は食い尽くされた可能性があるね」

スタンピードとは、森やダンジョンから大量の魔物が溢れ出す、とても危険な状況のことだ。

「そういうことか。餌を求めた魔物達が森から街に押し寄せるとか……笑えねぇ」

「本当に、いいタイミングで来てくれたよ。さて、だいぶ魔石は稼げてきたね。ただ、小物ばっかりだからそろそろ大物が来てくれるといいけど……」

その時……ズシーン、ズシーンと大きな足音が聞こえてくる。

そして、三体の魔物が姿を現した。

ゴブリンを一回り大きくしたゴブリンジェネラル、同じくオークジェネラル、犬が二足歩行して剣と盾を持っているようなコボルトナイトまでいる。コボルトは頭もいいし器用な魔物である。

魔物は強さによって低級、中級、上級に分けられているが、三体ともいわゆる中級と言われる魔物達だ。

「ようやくお出ましだね。さて、振り分けはどうしよう？　アーク、強さとか分かる？」

「ゴブリンが一番弱くて、コボルトナイトが一番手強いはず。ちなみに、オークジェネラルは魔法に弱い」

「それじゃあ、そいつは俺が担当だね。アークはゴブリンジェネラルをお願い。クオンにはコボルトナイトをやってもらおう」

「それがいいだろう」

俺はタイガさん達に周りにいる下級魔物を頼み、クオンとアスナのもとに駆け寄る。

その間にアークが、二メートルないくらいのゴブリンジェネラルを槍で牽制して引き離していく。

「ゴァァァァ！」

「こっちだよ！　てめーの相手は俺だっ！」

ゴブリンジェネラルの棍棒を避けつつ、アークが的確に槍で敵の体に傷をつけていく。

さすがはアークだ、あれなら任せて平気だね。

そして俺は、オークジェネラルを引きつけてる間に、クオンに手短に作戦を伝えた。

「分かりました。同じ大剣持ちですし、私が対応するのがいいですね。あと、あの盾は厄介ですし」

「うん、そのまま倒しちゃってもいいよ」

「では、アーク様と勝負でもしますか」

大剣を構えて、クオンが二メートルくらいあるコボルトナイトに斬りかかる。

クオンの大剣と相手の盾がぶつかり、森の中に轟音が響き渡った。

「ゴァァァァ！」

「はっ、やりますねっ！　久々に戦い甲斐があります！」

その戦闘は凄まじかった。

相手の大剣は邪魔な木ごと斬り、地面に穴を開ける。

「それで、私は何をすればいいのよ？」

「俺が魔力を溜める間、オークジェネラルを抑えてほしい」

「ふん、私が時間稼ぎってわけ」

「嫌かな？」

「ううん、そんなことないわよ。いいじゃない、クレスと共闘するなんて夢みたいだもん」

そう言って笑う姿は、不覚にも可愛らしく感じた。

そして、アスナはご機嫌なのか剣をブンブンしている。

「それじゃ、よろしく。用意できたら声かけるね」

「ふふん、早くしないと私が倒しちゃうからね！」

「おっと、それは大変だね。んじゃ、いっちょやりますか」

「ええ！　行くわよ！」

アスナが双剣を構えて、二メートル以上あるオークジェネラルに斬りかかる！

斬撃は相手の腹に入るが、その厚い脂肪により血は出ていない。

「ブル？」

「やっぱり、剣だと厳しいかも。でも、任せっきりっていうのは性に合わないのよ！」

「ブルァ！」

オークの斧による攻撃を素早い動きでかわしつつ、アスナは相手を翻弄《ほんろう》していく。

本来は積極的に相手に切り込んでいくタイプだが、今回は足止めに徹底してもらう。

「さて、俺も準備をしないとね。中級の魔物を倒す威力を……」

「その間の守りは俺に任せるがいい」

「タイガさん、ありがとう。それじゃ、お願いします」

戦いはみんなに任せて、俺は魔法に集中する。

俺はまだ魔法を覚えたばかりの素人だから、強い魔法を動きながら放つとかはまだ難しい。

だから、みんなに手伝ってもらって、その間に魔力を溜めるしかない。

少しして魔力を溜め終える。

「これでよしっと。アスナ！　準備ができた！」

「ブホッ！」

「むぅ……悔しいわ！　ちょっと待って！」

「はい？　……まあ、いいけど」

「こいつに一発入れてやらないと気が済まないわ」

どうやら、負けず嫌いが発動したらしい。

この辺は相変わらずだね。

「ブヘヘッ」

「っ～！！　笑ってるのも今のうちよ！」

アスナが右の剣と左の剣を交差し、その場で立ち止まる。

それを隙と見たのか、オークジェネラルが斧を振り下ろしに来る！

「アスナ！」

「ブホッ！」

「平気よ、それを待っていたわ……『十字斬《じゅうじぎ》り』！」

「ブホッ!?」

なんと斧が振り下ろされるのに合わせて、アスナが双剣を振り下ろした。

すると、その斬撃によってオークジェネラルの斧は粉々に破壊されて、相手は反動で尻餅《しりもち》をつく！

しかしアスナの双剣は無傷……剣を重ねることで強度を上げて、タイミングを合わせることで武器破壊をしたんだ。

「おおっ！　すごいっ！」

「ほら！　ぼさっとしてないでやりなさい！」

「はーい！　……氷の刃よ、敵を切り裂け〈アイスカッター〉」

鋭利《えいり》な氷の刃が、倒れてるオークジェネラルに向かって飛び……腹が切り裂かれた！

「ブァァァァ!?　……ァ、ァ……」

断末魔を上げて、オークジェネラルは魔石となった。

「へぇ！　やるじゃない！　改めて、あいつを一撃で仕留める魔法が使えるなんて驚きよ」

「へへ、まあね。でも、それもアスナが時間と隙を作ってくれたからさ」

「ふふ、なんかこういうのも悪くないわね」

「それはそうかも。冒険者になって、ダンジョンとかにみんなで行きたいね」

すると、突然アークに肩を組まれる。

前を見ると、アスナの方も肩にクオンの手が置かれていた。

クオンのもう片方の手には大きな魔石がある。どうやら二人共無事に倒し終わったらしい。

「おいおい、面白そうな話をしてんじゃん」

「ええ、そうですよ。私達も仲間に入れてくれないと」

「じゃあ、ダンジョンがあったらみんなで行くわよ」

「そうだね。そうすれば魔石とかもいっぱい手に入るだろうし」

快適な生活のために領地開拓をしつつ、スローライフを目指す。

それ自体は変わらないけど、こうして仲のいい友達と冒険に出るのも楽しい。

これも、王都から追放されたから実現したことだ。

これからは自由だし、いろいろとしたいことして過ごせるといいな。

とりあえず目的の数の魔石は手に入ったので、一度街に戻ることにする。

獣人さん達の籠には魔石の他に、山菜やキノコなどでいっぱいだ。


行きに魔物を倒してきたので、帰り道は少しリラックスした状態になる。

「そういえば、これで足りるの？　というか、何のために魔石を集めてるのよ？」

「あっ、そういえば言ってなかった。実は、ドワーフを誘致したいなって思ってて。その算段はついたんだけど、そのために大きい魔石が必要になるからさ」

「ふーん、そうなのね。というか、ドワーフを呼ぶって……無理よ？　あの頑固者達は王族が呼ぼうと来ないんだから」

「そもそも、昔の王族や貴族が下手を打ったんだよな。上から目線で物事を頼んで、ろくな報酬も支払わなかったらしい。いろいろあって、百年くらい前に国家として独立したんだよな」

そうだ、確かにそう習った。

それ以来彼らと、我が国の関係はよくない。

交易もしているし戦争こそないが、とてもじゃないが友好国とは呼べない。

「あぁー、そうだったね。まあ、たぶん話くらいは聞いてくれるかなとは思ってる」

「そもそも、今さらなのですが……主人殿が勝手に呼んでいいのですか？　その、国境を越えるわけですし」

「ん？　ああ、それについては問題ないんだ。この辺境は特殊で、ある程度の裁量が与えられている。国から離れすぎてるから、何かあったらいざって時に連絡しても遅いでしょ？」

「なるほど、それはそうですね。戦いの準備を伝えるのに、一週間とかかかっていたら話になりませんし」

「そういうこと。つまり、ある程度は俺の好き勝手にできるってわけさ。それもあって、三人が確かめに来たんでしょ？」

「「………」」

俺の言葉にアークとアスナが無言で頷く。

彼らは友達だけど、それ以前に国を背負うべき高位貴族だ。

俺に会いたいっていうのは嘘とは思ってないけど、そういう面はあるのは仕方ない。

「相変わらず、人族とは面倒な生き物だな」

タイガさんがぶっきらぼうにそう言うと、アークとアスナが答える。

「まあ、こればっかりはなぁ。ただ、ぶっちゃけただの口実だ。俺は親友と遊びに来ただけだよ」

「わ、私だってそうよ。普段は護衛ばかりいて戦えないしつまらないわ」

「うん、それも分かってるから大丈夫だよ」

俺がそう言うと、突然クオンが俺を守るように前に出る。

同時に、タイガさん達も辺りを警戒し出す。

「静かに……主人殿、何かいます」

クオンのその言葉にアークとアスナが戦闘体勢に入った。

「もう一働きしますか」

「ええ、そうね」

「えっ？　魔物？」

「いや、この感じは違いますね……来ます！」

次の瞬間、何かが突進してくる！

それをタイガさんが、体を使って受け止めた。

「タイガさん！」

「問題ない！　ふぬぬっ……つぁ！」

タイガさんがどうにか撥《は》ね返し、その生き物が俺達の目に映る。

「ありがとう！」

「なに、気にするな……身体が勝手に動いただけだ」

それは赤い皮膚の豚だった……ただし頭には二本のツノが生えていて、体長は二百五十センチくらいある。

「主人殿、オニブタです！　雑食性でなんでも食べてしまう魔獣です！」

「もしかして、森に生き物が少ないのはこいつのせいでもある？」

「ありえますね。畑なども食い荒らしますから。放置しておくと、街も危険かと」

「それなら、倒すしかないね。何より、豚さんなら栄養的にもバッチリだし」

豚肉は煮込みから焼きまで幅広く使える。

この大きさなら、今の都市なら全員に行き渡るだろう。

「それで、誰が相手するの？　私がやる？」

「いや、このまま俺に任せてもらいたい。人族ばかりに戦わせていたら、虎族の名が廃《すた》る」

「分かった。それじゃ、お願いするね」

アスナの言葉に、タイガさんが首を横に振ったので俺は頷く。

「……悪くない気分だな」

「はい？　なんか言いました？」

タイガさんが小声で何か呟いたので、俺は聞き返す。

「いや、なんでもない。さて、起き上がってくるぞ」

撥ね返されて警戒をしていたオニブタが、再び突進をしてきた。

俺はクオンに抱えられ、その場から飛びのく。

他のメンバーもタイガさんに任せ、辺りを警戒する。

「ありがとう、クオン」

「いえいえ、主人殿の運動神経は知ってますから。何もないところでつまずいたり、道に迷ったり……」

「ほっといてよ。それより、オニブタってどれくらい強いの？」

「そうですね。ゴブリン程度なら打ち負かすことができます。先ほど出会った中級の魔物でも、一対一なら負けることもあります」

そうなると、うさぎや鳥などの弱い魔獣は食べられちゃうか。

もしくは、この区域から逃げちゃってるかも。

「タイガさんは勝てる？」

「ふふ、そういえば主人殿は私以外の獣人をあまり知りませんでしたね」

「確か、犬系と猫系が多いんだよね？」

「はい、大きく分けてそうですね。その中でも、虎族は最強の一角として知られています。群れを作らず、己の肉体のみで戦う森の王者ですよ」

「ふん……そこで見てるがいい。獣人族最強と言われた虎族の力を」

確かに、前世の虎もそういう感じだったか。

ジャングルに一人で住んでいるし、暑さにも強い。

森では敵なしって王城にある資料で見たことある。

それじゃ、見せてもらおうかな……森の王者の力ってやつを。

◆　◆　◆

……ふん、変な人族だ。

オニブタと向き合いながら俺――タイガは心の中でそう呟く。

俺達に優しいのも、最初はただの人気集めか同情心からだと思っていた。

だが、そんな感じにも見えない。

分かったのは、奴が来て飢えや暑さが減り、獣人達の暮らしが楽になったこと。

クオンという黒狼族を見るに、奴が獣人を下に見てないことは確かだ。

ひとまず、それさえ分かれば、あとは俺の個人的感情だ。

己自身が納得するためにも、こいつに付き合ってみるしかあるまい。

「そして、俺は気にくわない相手だろうが、自分だけが楽をするのは勘弁ならん！」

「フシュー」

「かかってこい、オニブタよ。豚が虎に勝てないということを教えてやろう」

「ブルルッ！」

相手が今度は助走をつけて、突進をしてくる。その勢いは、先ほどとは比べものにならない。

避ける手も考えたが、それでは虎族の名が泣く。

ここは、受け止める以外にありえん！

「ふんぬっ！」

「ブルルル！」

ツノの部分を両手で止め、腰を低くして体全体で受け止める。

しかしその衝撃は凄まじく、思わず腰が引けそうになる。

その時、ふとクオンと奴の会話が耳に入った。

「だ、大丈夫かな？　やっぱり手を貸した方がいい？」

「いえ、このままでいいかと。それは、彼の誇りを傷つけるかと思いますので」

「そ、そっか。でも、何かあってからじゃ遅いしなぁ」

「その場合は、私がすぐに動きますのでご安心ください」

「分かった、俺もいつでも魔法を撃てるように準備はしておくね」

……俺の心配をする人族がいたとは。

そして横にいるのは、人に従いつつも誇りを忘れていない獣人。

その関係性は、十年ほど前の俺が憧れていたものだった。

「今になって思い出すとは……面白いではないか」

「ブルルッ！」

「どうやら、まだまだ俺の生きる意味はあったらしい。ならば、こんなところで負けるわけにはいかん！」

にぶりきった体に鞭《むち》を打ち、全盛期を思い出す。

何者にも負けず、屈することがないと思っていた頃の自分を。

「オ……オォォォォ！　ラァッ！」

「おおっ！　押し返してる！」

「森の王者をなめるなよっ！」

「ブルルッ⁉」

オニブタをそのまま持ち上げ、ぶん投げて木に叩きつける！

相手はダメージを負いつつも、立ち上がろうとしていた。

俺はその隙を逃さず、相手に接近する。

仕留める時に確実に仕留める、それが狩りの基本だ。

「我が爪を喰らえ……『剛爪拳《ごうそうけん》』」

俺は手の爪を伸ばして振りかぶる。

「ブル⁉　……ガ、ガ……」

首に爪を立てて、急所を捉えた。

じきに息絶えるだろう。

「わぁ……！　すごいや！」

「ええ、流石は噂に聞く虎族ですね」

「う、うむ、これくらい造作もない」

さて、新しく生きる目的ができてしまった。

此奴《こやつ》らが作るという場所を見届けたいという。

その前に……この鈍《なま》った体をどうにかせんといかんな。

◇　◆　◇

おおー、虎族って強いんだ。

タイガさんとオニブタの戦いを見届けながら、俺はそんな感想を抱く。

あんな大きな豚の突進を受け止めたりぶん投げたりするなんて、攻撃力が高くてめちゃくちゃ前衛向きだね。

かといって、前衛を頼んで、獣人を盾に使う気だと思われたら嫌だし、難しいな。

「うーん、どうしようかなぁ」

「主人殿、どうしました？」

「いや、なんでもない。とりあえず、オニブタはどうしよう？」

「俺が引いて行くから平気だ。鈍った体に、いい鍛錬になる」

「それじゃ、お願いするね。できれば、人族にも分けてほしいけど……いいかな？」

これは彼が自力で狩った獲物だ。それをどうするかは、彼に権利があると思う。

本当は全員に配りたいけど、獣人族で分配するならそれでもいい。

「よこせとも言わず、分けてほしいか……ああ、もちろん構わない」

「ほんと!?　ありがとう！」

「……ふん、別に礼を言われる筋合いはない。借りを作ったままは性に合わんだけだ」

「借り？　何かあったっけ？」

「分からんならいい。さて……流石に重いな」

持ち上がりはしたが、相当にきつそうだ。

最低でも五百から六百キログラムくらいはありそうだし。

それを見て、俺は思わず止める。

「いやいや、流石に無理でしょ。それに、他の人達も荷物多いし」

「というより、解体した方がいいのでは？　それに、日も暮れてきてますし」

クオンが提案してきたので、俺はそれに乗ることにする。

「そうだね、そっちの方が味が落ちないし軽くなるね。今日はここで寝泊まりしようか」

「確かに夜に動くのは危険だ。しかし、鮮度《せんど》が落ちてしまうが」

「ふふん、そこは俺に任せて。凍らせれば鮮度は保てる。そのための氷魔法だよ」

「……それなら問題ない」

「それじゃ、俺とクオンが手伝うね」

アスナやアーク達に警戒を任せ、クオンとタイガさんと作業をする。

二人が解体作業を進めていき、俺が水魔法を使って、中を洗い流す。

大きさが大きさなので、解体は二人掛かりでも大変そうだ。

「その爪って便利だね？　さっき、みょいーんって伸びたよね？」

「ん？　ああ、獣人族は己の肉体を武器にするという特殊な能力を持つからな。俺は自在に爪を伸ばして武器にすることができるのだ」

「ふんふん、なるほど……って、クオンにもあるの？」

「わ、私ですか？　まあ……一応、ありますけど言いません」

「ええっ⁉　どうして⁉」

「どうしてもです。それはセクハラですよ？」

「そ、そうなの？」

「ええ、そうです」

「うーん、なら仕方ないか」

気になるけど、無理に聞き出すのは趣味じゃないし。

親しき仲にも礼儀ありってね。

「ふっ、よき関係性だ。そもそも、獣人が武器を使う方が珍しい。無論武器を使う獣人がいないわけではないが、基本的には己の肉体で戦う」

「私の場合は特殊ですから。剣の才能がありましたし、いい師匠もいたので」

「あぁー、オルランドおじさんか」

俺が頷くと、タイガさんも納得したように言う。

「俺でも聞いたことがある名だな。確か、国の守護者と言われている者だったか？」

「うん、そうだね。国境と、『魔の門』があるところを守ってる凄い人だね」

オルランドおじさんはクオンの師匠で父上の従弟である公爵家当主で、敵国の軍や、魔物の軍勢を一人で蹴散らしたという逸話がある人だ。

俺は小さい頃によく遊んでもらった記憶がある……俺に身内の愛情を教えてくれた唯一の人だった。

「最近は、師匠に会えていないですね」

「まあ、めったに国境から動いちゃいけないし。最近は戦争こそしてないとはいえ、相変わらず油断はできないから」

「それもそうですね。さて、だいぶ終わりました……ところで、うちの主人殿はどうです？」

「クオン？」

何やらクオンが意味深な顔をタイガさんに向ける。

それを受けて、タイガさんが苦い顔をした。

「……悪い人族ではないな。少なくとも、獣人である我々を使い捨てにするようには見えん」

「ふふ、そうでしょうとも。それで、あなたはどうするつもりですか？」

クオンが問いかけると、タイガさんはこちらを向いてゆっくりと口を開いた。

「……もしも、お主が望むなら力になるとしよう。俺はタダ飯食らいになるつもりはない」

「ほんと!?　ありがとう！　それじゃ、その時が来たらよろしくね！」

よしよし！　これで防御型の前衛の人ができたぞ！

虎族の皮膚は丈夫で、弓なんかも弾くと聞くし。

本人は嫌かもしれないけど、盾とか持たせたらよさげだ。

どっちにしろ、ドワーフを呼ばないと武器や防具とか言ってらんないけど。

「……ああ、任せておけ」

「ええ、期待してますよ、虎族さん」

「ふんっ、黒狼族とはいえ負けんぞ」

また、何やら見えない火花が飛ぶ。

その後、無事に解体を済ませる。

「よし、できた。じゃあ、手分けして野営の準備をしようか。気配察知能力が高いし、獣人の方々には警備をお願い。俺とクオンは料理かな。アークとアスナはテント設置とかできる？」

「うむ、任されよう」

「ええ、お手伝いします」

「おうよ、任せとけ」

「むぅ、仕方ないわね。私が作ったらえらいことになるし」

「「「あぁー」」」

「もう！　三人して顔を合わせるんじゃないわよ！」

かつて作ってもらったアスナの手料理は、それは凄かった。

なぜ、何を作っても黒い物体ができるのか……不思議。

役割が決まったので、手分けして作業をする。

「主人殿、何を作りますか？」

「うーん、冷凍できるとはいえ内臓系はすぐに使わないとだから、モツ煮とかにしようか。暑いけど夜ならだいぶマシだし、栄養価も高いしね」

「いいですね。それに、オニブタの肉は何も加えなくても辛みがありますから。その辛味成分のせいか、臭みもあまりないみたいです」

「へぇ、そうなんだ？　それなら、味噌煮込みにでもしようかね」

そうと決まったら、すぐに準備に取り掛かる。

といってもすでに解体は済ませてあるので、下処理をしていくだけだ。

オニブタの肉からはスパイスの香りがして、クオンが言っていたことは本当なんだと実感する。

下茹《ゆ》でをしたり、香草類に包んだり、その間に火を起こしたり。

山菜やキノコなどは手でちぎって用意しておく。

「あとは、水から煮込んでいけば完成だね」

すると、準備が終わったアスナとアークがやってくる。

「二人共、お疲れ様」

「お疲れ。それにしても、森の中で食事なんて初めてだわ」

「お疲れさん。まあ、俺は士官学校の演習でやったが」

アスナが俺に目を向けて話し出す。

「というか……あんたは相変わらず人たらしね。人族を嫌ってる獣人ってだけでもあれなのに、その中でも虎族と仲よくなるなんて」

「この場合は獣人たらしじゃね？　まあ、言いたいことは分かる。相変わらず、偏見がない奴だよ」

「うーん、別に普通じゃない？　ちょっと見た目が違うくらいだし」

前世で俺がいた地域は、外国人がたくさん住んでいた。

彼らとはコミュニケーションが難しいことも多々あった。

ここは言葉が通じるだけ、だいぶマシだよね。

「まあ、そのおかげで私達も助かってるからいいんだけど」

そして、アスナが呆れたようにそう言った。

「だよなぁ、公爵令嬢が剣を握るとかありえないわ」

「うるさいわね。そう言うあんただって、侯爵家次男坊のくせに護衛もつけずに来たじゃない」

「俺はいいんだよ、自分の身は自分で守れるから、お嬢様二人とは違っていなくても困らない。というか、俺はレナちゃんの護衛も兼ねてるし。護衛を雇うにもお金がかかるしな」

この二人もなかなかに複雑だ。

国や家の事情など様々な要素で、家に縛られている。

だからこそ、三人で気が合ったんだよね。

「まあ、二人のあれこれはよく分からないけど……俺は二人が来てくれて嬉しいよ？」

「……ほら、これだよ。ったく、仕方ない奴」

「……はぁ、悩んでるのがバカらしくなってくるわ」

「なんかバカにされてる？」

「いいや、褒めてんだよ。親友、これからもよろしくな」

「ふふ、そうね。クレス、仕方ないからアンタに付き合ってあげるわ」

「むむむっ……解せぬ」

俺がそう言うと、二人が顔を見合わせて笑う。

それを見てると、俺も自然と笑顔になる。

やっぱり、友達っていいもんだね！

そんな雑談をしつつ、煮込みが完成するのを待っていると、あっという間に時間が過ぎていく。

こうしてじっくり話すのは、実は結構久しぶりだった。

尽きない話題に夢中になってるうちに、いつの間にか煮込みがいい状態になっていた。

野菜も途中でクオンが入れてくれたらしく、すでにクタクタになっている。

「主人殿、そろそろいいかと」

「あっ、ごめんね。煮込みの番を任せちゃって」

「いえいえ、私はほぼ見ていただけですから。それに、楽しそうな主人が見れたので。お二人共、私からも感謝いたします」

「別にいいってことよ、俺らだって楽しいし。無論、クオンさんも含めてだから」

「そうよ、貴女だって私達の友達なんだから。そりゃ、最初は酷い態度取っちゃったかもしれないけど……」

「ふふ、そういえばそんなこともありましたね」

アスナは生粋《きっすい》のお嬢様だ。

差別とまでいかないが、獣人に対して偏見があった。

でも、クオンと接するうちにそれはなくなったんだよね。

「わ、悪かったわよ。でも、今では分かってるから平気。それを教えてくれたのもクレスだわ」

「ああ、俺もクオンさんと接してなかったら、どうだったか分からん。クレスがクオンを連れてきたとき、びっくりしたのは事実だ。使用人ではなく、友達だって言うもんだから」

「俺はそんな大層な意味で言ってなかったよ。ただ、自分が思う通りにしただけだし。ある意味で、一番自分勝手かもね」

アークとアスナの言葉に俺がそう言うと、クオンが微笑みつつ口を開いた。

「ですが、私はその自分勝手に救われたのです」

「私もよ。私が剣を学べるよう、お父様を説得してくれたのはクレスだし」

「俺もだよ。クレスはスペアの役目しかなく腐っていた俺に、声をかけてくれたからな」

クオン、アスナ、アークがそう言って、俺達は自然と笑顔になる。

二人はそう言うが、俺の方がお礼を言いたいくらいだ。

孤独だった俺を救ってくれたのは、間違いなく彼らだったから。

◇　◆　◇

準備ができたので、獣人達も呼んでご飯にする。

やっぱり、ご飯は大勢で食べた方が美味しいし。

「食事はありがたいが、見張りはしなくていいのか？　流石に全員で食べてはまずい気がするが……食事中は、人が最も油断する時だ」

「うん、分かってる。ただ、それに関しては考えてあるよ。今、もう魔力は満タンだし……我らを包み込め〈アイスドーム〉」

俺が魔力を解放すると、周囲に氷のドームができ始める。

まずタイガさんが驚愕し、ついでアスナとアークも各々の反応を見せる。

「なっ⁉　くく……こいつは驚いた」

「涼しいわね！　……ただ、どういう魔力してんのよ」

「かぁー！　一気に過ごしやすくなったぜ！」

あっという間にテント一帯は、天井に穴を開けた氷のドームで囲まれた。

ちょっとやそっとじゃ壊れないので、これで敵が来ても安心だ。

「主人殿、魔力は平気ですか？」

「うん、これくらいなら余裕かな。ほら、みんなで食べよ」

「分かりました。では、よそいます」

俺の言葉を受けて、クオンが鍋の蓋《ふた》を開ける。すると、味噌の香りと辛味のある香りが同時にして、食欲がそそられた。

「おぉ～！　クオン！　早く早く！」

「はいはい、分かりましたよ」

「確かに、こいつはやべえな」

「ゴクリ……はっ⁉」

アークが声を漏らし、アスナが唾を呑み込んだ。

「あらら、公爵令嬢ともあろう方が……あっ」

そのとき、俺のお腹がクルルーと鳴く。

「何よ、人のこと言えないじゃない。ねっ？　第二王子クレス殿下？」

「ぐぬぬっ……これは、今さっき魔法を使ったからだよ」

「そういうことにしといてあげるわ」

そんなやり取りをしているうちにクオンが全員に料理を配り終える。

「はいはい、これで全員に行き渡りましたね」

「よし、では……いただきます」

「「いただきます」」

湯気が立つ器から、モツ煮をスプーンですくって口に持ってくる。

「はむっ、あつっ……うまっ」

俺は思わずそんな声を上げてしまう。

「かぁー、こいつはいいや。肉がほろほろだ」

「ふーん、悪くないじゃない。体の芯がホカホカしてくるわ」

アークとアスナの食レポを受けて、クオンが嬉しそうにする。

「ふふ、ありがとうございます。ふむ……我ながら上出来ですね」

「いや、本当に美味しいよ。お肉もやわらかくて、野菜はスープの味が染み込んでるし」

肉の旨味が味噌に溶け込み、奥深い味を出していた。

そこに辛味が足され、辛味噌風味になっているのもいい。

歩き疲れた体に染み渡る感じだ。

夏バテ防止にもいいし、栄養的にもバッチリだ。

「それならよかったです。タイガ殿達はどうですか？　あなた方には熱かったですかね？」

「今のところ問題ない。それに、味も美味い」

「……猫舌？」

「ええ、そうですよ。猫系獣人は熱いものが苦手なんです」

「へ、へぇー……知らなかった。やっぱり、そういうことを知るのも大事だね」

知ってると知らないじゃ行動に差が出るし。

その辺りも考えて環境を作っていかないと。

すると同じように思ったのか、横でアークが頷いた。

「確かに、俺達は獣人を恐れるあまり、知ることをおろそかにしていたな」

「むっ……アークとやら、それはどういう意味だ？　なぜ、人族が我らを恐れる？」

「そりゃ、基本的にはタイガさん達の方が身体能力が高い。魔法や人海戦術で対抗しないと人族は負ける。何より、今でこそましだが、獣人を冷遇していた過去の歴史があるから、自分達が報復されるのが怖く、獣人にはあまり関わろうとしない人間が多い」

「そういうことか。我々は我々で、人族が恐ろしい。奴らは魔法や武器を使い、数で我々を圧倒してくる。しかし、それは返せば……よく知らない獣人という存在を恐れているということか」

「まあ、そんな感じだ」

……何やら難しい話をしている。

分からないことがある時は、素直に聞くに限るよね！

「つまりは、どういうこと？」

「別に難しい話じゃないわ。さっきも言ったでしょ？　要は知らないから怖いって。クオンと私達がやったように交流をしていけばいいのよ」

アスナがそう教えてくれたのに続いて、クオンが口を開く。

「ええ、そうですね。私もお三方を知って、人族や貴族に対する認識が変わりましたから」

なんとなく分かった気がする。

「あぁー、そういうことね。つまり……今の状態が理想ってこと？　みんなで、仲よくご飯食べてるもんね」

「くははっ！　そういうことだっ！　お前達、我々も人族のことを知っていなかった。これからは、少しずつ知っていくとしよう」

その言葉に、他の獣人達も頷く。

どうやら、少しは信頼してもらえたみたいだね。

その後、モツ煮を食べ終えて休息の時間になる。

「んで、これでどうするんだ？　流石にダンジョンは見つからなかったが、魔石はいいのが手に入ったよな」

「ダンジョンについては、見つけたらラッキーぐらいに捉えて、まずは森の地図を作っていこうと思う。それに強い魔物がいる方に行けば、そのうち見つかるかもしれない」

「ダンジョンに標的《ひょうてき》を絞《しぼ》るよりそっちの方が早そうだな。そのためには人海戦術が有効か。んで、そうなると大量に武器がいる……ドワーフの技術力が必要ってことだ」

「うん、それもあるね。ただ、俺は何よりお風呂を作ってほしい！」

そりゃ、屋敷には簡易的な風呂はある。

ただ、俺は温泉みたいな感じにしたい。そして、風呂上がりに冷たい飲み物やアイスを食べたい。

「そうね、お風呂は欲しいわ。確か、ドワーフの国は温泉で有名だったたし。この魔石でドワーフと交渉するってことよね？」

「うん、正確には氷魔法を込めた魔石を使っていろいろするんだけど。まずは、彼らに氷魔法の凄さを知ってもらう。そのあとで、交渉をする感じかな」

「ふーん、あとはどういうのを作るの？」

「それはプールとか！」

「プール？　何それ？」

アスナが首を傾げる。

……そうだった、この世界にはなかった。

そもそも、貴重な水を大量に使うことが難しいのだ。

お風呂なら生活に必要不可欠な存在だからまだしも、遊ぶためのプールは生まれていない。

「大きな人工の池って感じ。涼んだり、水浴びをしたり、泳いで遊んだり」

「何それ⁉　いいじゃない！」

「でしょ？　暑いし、きっとみんなが喜ぶと思うんだ」

「それはそうね。ただ、まずは来てくれるかどうかよね」

「ふふふ、きっとくるに決まってるさ」

彼らはまだ知らない。冷えたビールや飲み物の美味しさを。

こっちに来たが最後、帰りたくないと思わせてやります！

◇　◆　◇

今後について話し合ったあと、日が落ちて暗くなってきたので、テントに入り、眠ることになった。

ちなみに、氷のドームは解除して、テントの周囲に氷を置くことで気温を下げていたのだが……

……暑いや。

俺は暑さで目が覚め、起き上がる。

隣では、アークが暑そうに寝ていた。

「流石に俺の氷も一晩は保たないね」

テントの端に置いてある入れ物に氷を再び入れて、アークを起こさないようにテントから出る。

日は出ていないが、すでに外は明るくなっていた。

タイガさんが、少し離れたところで見張りをしてくれている。

すると、焚き火の前にアスナとクオンがいるのを発見した。

「あれ？　アスナ？　クオンはともかく、随分と早起きだね」

「そういう主人殿こそ珍しいですね」

「ほんとよ、いつもお寝坊さんだったのはアンタもじゃない」

クオンとアスナの手厳しい言葉に、俺は苦笑する。

「はは、それもそっか。いや、流石に暑くてね」

「私もよ。別に探索が嫌ってわけじゃないけど、水浴びもできないのはきついわね」

アスナのもっともな意見に、俺は頷いた。

「それには同意だねー」

森の中なので昨日は水浴びをしておらず、体がベタベタする。

……そっか、自分でやればいいのか。

それに気づいた俺は、服を脱ぎ始める。

するとクオンもアスナも慌て出した。

「主人殿？　何を服を脱いでいるのです？」

「ちょっ!?　何をやってるのよ!?」

「大丈夫大丈夫、下は脱がないから、水魔法で水浴びしようと思ってね」

「当たり前じゃない！　う、上だってダメよ！」

「そうなの？　それなら、後ろ向いてればいいじゃん」

なぜか、二人ともずっとこっちを見ている。

俺の裸なんか、見ても面白くないと思うけど。

クオンとかはもう慣れちゃってるからどうってことないし。

「べ、別に……私は負けないわ」

「えっと、アスナ？　……何かの勝負だったの？」

「そ、そんなことよりずるい！　私だって水浴びしたい！」

「いや、流石に女の子が裸になっちゃまずいよ」

「むぅ……この辺に川とか湖はないのかしら？」

「あったとしても、魔物や魔獣がいて危険だし、やめといた方が……」

この世界にプールや泳ぐという概念が少ないのは、川や池は危険だというのが一番の理由だと思う。

なにせ、ヌマコダイルのような魔獣がいるわけだし。もっと強くて凶暴な奴だっているだろう。

すると、クオンが口を開いた。

「それなら、私にいい考えがあります。確か、着替えを持ってきていたはず。アスナ様はどうですか？」

「あっ！　使ってないやつがあったわ！　それに着替えて私達も浴びるってことね？」

「ええ、私だって水浴びしたいですし。主人殿は、先にやっててていいですから」

二人はそう言ってテントへ戻って行った。

「はーい。その間、見張りは誰に……」

「俺達に任せてゆっくりするといい」

「タイガさん！　ありがとう！」

その言葉に甘え、まずは自分の頭の上から滝のように水を流す。

冷たい水が眠気を覚まし、ベタベタした体がスッキリする。

「かぁー！　超気持ちぃい！」

音で起きたのか、アークがテントから出てきた。

「あっ！　ずりぃ！　俺も入れろって！」

そして俺と同じように上だけ脱いで、俺が降らせている水の中に割り込んできた。

「わわっ⁉　ちょっと、危ないって！」

「いいだろ！　俺だって暑いんだよ！」

「もう！　分かったよ！」

結局、並んでシャワーを浴びることになる。

「くぅー！　気持ちいいぜ！」

「だよねー！　ししし、こうしてやる」

「何を……アババッ⁉」

いたずら心で、アークの部分だけ水の威力を上げる。当然、アークは一瞬だけ溺れたような状態になった。

「あははっ！」

思わず笑ってしまう俺に、アークが掴みかかってくる。

「てめー！　何すんだっ！」

「ご、ごめんって！」

「許さん！　下克上《げこくじょう》じゃぁ！」

俺とアークが水を浴びながらわちゃわちゃしていると……テントからクオンとアスナが出てくる。

その出で立ちは、薄手のシャツと短パンというものだった。

二人共、タイプの違う健康的な曲線美が素晴らしい。

「私も混ぜなさいよ！」

「そうですね。主人殿、シャワーの範囲を広げてください」

「う、うん」

俺はちょっとドギマギしつつも、四人が入れる横長のシャワーを作る。

「っ〜！　気持ちいいわ……！」

シャワーを浴びたアスナが、満足そうな声を出す。

「ふふ、いいですね。まあ、服を着ている分、爽快感は薄いですが」

「それは仕方ないじゃない。流石に、ここで裸は無理よ」

「冒険者の仕事中に聞いたのですが……ドワーフの国では海に面しているからか、泳ぐための衣服、水着というものがあるみたいですよ？　ほとんど、裸に近いとか」

「あっ、聞いたことあるわ。あれってほんとなの？　人前で素肌を晒すなんて……恥ずかしいわ」

クオンとアスナの会話を聞いて俺は愕然《がくぜん》とする。

俺としたことが……水着があったのか！　それは知らなかった！

でも、よくよく考えたら当然のことだ。

海が近いし、そういう文化があってもおかしくない。

「……追加で手紙を送らないと……水着姿を見るために」

「何をぶつぶつ言ってるのよ？」

「な、何も言ってないよ！」

「怪しいわね……」

「いやぁー……」

そこでふと、アスナに視線を向ける。

シャツが体に張りつき、体のラインがはっきり出てしまっていた。

健全な男子には目に毒である。

しかも、その向こう側にはナイスバディなクオンさんも……

「っ～!?　ジ、ジロジロ見ないで！」

俺の視線に気づいたアスナはそう言って背中を向けた。

「ごめんなさい～！　つい見ちゃった！」

「まあまあ、アスナ様。そのためにインナーを着てるのですから。それに、主人殿もお年頃ですし」

「わ、分かってるわよ、クオン……でも、クオンみたいにスタイルがよくないもん」

そう言ったアスナに、思わず首を傾げる。

「そう？　アスナだってスタイルいいけど？」

身長は高くはないけど、足が長くすらっとしている。

腰回りは適度に細く、健康的な美しさだ。

……胸のことには触れちゃいけないのは、流石の俺でも分かる。

「ほ、ほんと？　……さっき言ってた水着とか着たら喜ぶ？」

「ん？　水着って言った？　水着が着たいの？　あらら、アスナさんってば～」

「か、からかわないでよ！　クレスの馬鹿！」

「あべしっ！」

アスナに思い切りどつかれ、俺は尻餅をつく。

その際に、魔法が解けてしまう。

「テテテ……何すんのさ？」

「ふ、ふんっ！　クレスが悪いのよ！」

アスナはそう言って顔をプイッと横に向ける。

「ええ、間違いないですね」

「こればっかりは庇えねえや」

クオンとアークはそう言って頷く。

「……俺が言うのもなんだが、今のはお主が悪い」

見張りをしていたタイガさんが、こちらを振り向いて言った。

「ぐぬぬ……解せぬ」

結局、俺はアスナに謝ることに。

ほんと、女の子って分からん。

◇　◆　◇

その後、獣人達にもシャワー浴びせてあげた。

朝ごはんに昨日の残りを食べて、体が乾いたら移動を再開する。

そして、お昼過ぎに街に帰還した。

荷物を持っているタイガさんには先に館に向かってもらい、俺は氷を配るため街の人々の家を訪問することにする。

「ただいまー！」

そんな俺のことを人々があたたかく迎えてくれた。

「クレス殿下！　お帰りなさい！」

「ご無事で何よりです！」

「みんなも元気そうでよかった。暑かったでしょ？　氷をまた置いていくね」

そうして訪問した先でも人々にお礼を言われつつ、家の前に設置されているバケツに氷の塊《かたまり》を入れていく。

みんなはそれを自分の家に入れて、涼を取るという感じだ。

氷を配り終え館に着くと、マイルさんが出迎えてくれた。

「クレス殿下、お帰りなさいませ」

「ただいまー、留守の間に何かあった？」

「いえ、特には何もございません。ただ、クレス殿下が帰ってこないと皆が心配しておりました」

「あっ、そうだよね。俺がいないと氷がなくて暑いし」

一応、たくさん氷は用意しておいたけど、住民全員が満足に使える量はなかったはず。

俺が魔力を注いでいるうちは平気だけど、手から離れるとただの氷だ。

これは一刻も早くドワーフさんに来ていただかないと……水着も見たいし。

「いえいえ、そういうことではありませんよ。皆、氷がなくなることではなく、クレス殿下の心配をしていたのです」

「ん？　どういうこと？」

俺がよく分からないでいると、横からクオンが教えてくれる。

「主人殿、つまりは魔法だけでなく、あなた自身にも価値があるということです」

「……そうなの？」

マイルさんに振り返ると頷かれる。

「ええ、そういうことです。もちろん暑いのは嫌ですが、それ以上にクレス殿下がいなくなるのが嫌みたいですね。私のところにも、まだ帰ってこないのかと住民が尋ねてくるほどでした。クレス殿下の人柄と明るさに、我々は救われていますから」

「そ、そっか……なんか嬉しいや」

王都では自主的にそう振る舞っていた面もあるとはいえ、俺は役立たずだった。

でも、ここの人達は俺自身を必要としてくれてるのか。

……やれやれ、これは頑張らないと、男が廃るってもんだね。

◇　◆　◇

その後、ご飯を食べて自分の部屋でクオンと一緒にボケっとしていたら、いつの間か日が暮れ始めていた。

俺は大きく伸びをして、やる気を出そうと頑張る。

チョロいって言われるかもしれないけど、誰かに頼られたり褒められたりするのは嬉しいし。

「さて、やりますか。宴の準備を」

「いいですね、オニブタもありますし。凍らせてあるとはいえ、早く食べるに越したことないですし」

「そういうこと。たぶん、今頃ちょうど溶けてると思うし」

そんな会話をしながら、クオンと厨房へ向かう。

そのまま厨房に入ると……予想外の人物に出会った。

「レナちゃん？」

俺がそう声をかけると、何やら口に含んでいたものを呑み込んだレナちゃんが、あたふたと手を動かして答えた。

「あっ！　もきゅもきゅ……ゴクン……こ、これは違うんです！」

「うん、何も言ってないけどね」

「あぅぅ……これは、その……」

うん、相変わらず小動物みたいで可愛いよね。

どうやら、つまみ食いをしていたみたい。

「大丈夫大丈夫、お腹は誰でも空くもんだし」

「ええ、私達もペコペコですから」

「も、もう！　お二人ったら！　……皆さんが心配でご飯が食べられず……そのうち我慢の限界に……その、無事に帰ってきてよかったですわ」

「あっ……そりゃ、そうだよね」

この子にとっては、ここは知らない場所だ。

そんな中、唯一知ってる俺達が危険な森に行ったんだ。

いろいろな意味で不安になるのは当然じゃないか……しっかりしてるように見えたって、まだ十二歳なんだから。

「ごめんね、心配かけちゃって。流石に、レナちゃんを連れてくわけにはいかなかったからさ」

「そうですね、我々の配慮が足りませんでした」

「い、いいえ、いいんです。皆さん、帰ってきたので……えへへ」

「「……」」

俺とクオンが、同時にレナちゃんの頭を撫でる。

たぶん、気持ちは同じ……ええ子やで。

ほんとアスナとは似てないし、あの怖い親父さんの子とは思えない。

「な、何をするんですの!?」

「ごめんごめん、可愛くてつい」

「ええ、本当に。こんな妹がいたらいいでしょうね」

「……私は二人のこと、お兄さんとかお姉さんって思ってますけど」

レナちゃんが上目遣いでそう言い、俺達二人はダメージを受けて崩れ落ちる。

「ぐはっ……」

「くっ、これは……」

「ど、どうしたのですか!?」

くっ、これが妹萌えってやつなのか！　破壊力抜群だっ！

「へ、平気……なかなかだったね」

「ええ、私としたことが膝をつくとは」

「あんた達、何をやってるのよ？」

「あっ、お姉様！」

振り返ると、アスナが厨房の扉から顔を出していた。

しかも、何やら少しばつが悪そうな表情をしている。

「さっきぶりね、レナ。二人もいるのね……そういえば、安心したらお腹が空いたんだけど……」

それを聞いて、俺は思わず噴き出す。

「ぷぷっ……」

「ふふ、似た者姉妹ですね」

「もう！　お二人共！」

ここはレナちゃんの名誉《めいよ》のためにも黙っておこう。

似てないようで、姉妹って似てるもんなんだね。

……俺も兄上と姉上には似ていないと思っていたけど、意外と似ているところがあるのかも？

「な、何よ？　し、仕方ないじゃない」

「いや、なんでもないんだ。そうだね、お腹が減るのは自然なことだ。さあ、アスナはあっちに行こうか」

「ええ、そうですね。ここは私にお任せください」

「ちょっ⁉　クオン！　力が強いわよ！」

クオンに引きづられるようにして、アスナが厨房から追い出される。

アブナイアブナイ、アスナが厨房に立つとろくなことにならない。

以前お弁当を作るとか言って、大惨事になったのはよく覚えてる。

……そして、その犠牲者が俺だったことを。

これによって、今日の夕飯の平穏は保たれたのだった。

無事に？　アスナを追い返したので、調理を始める。

レナちゃんが手伝ってくれるというので心強い。

「はい！　今日のお手伝いはレナちゃんです！」

「は、はいっ！　頑張りますの！」

「レナちゃんはお料理できるもんね？　貴族のお嬢様にしては珍しいけど」

「い、一応ですけど……だって将来の旦那様に作ってあげたいですもの」

「ぐはっ」

レナちゃんの両手の指をツンツンする姿が俺の心臓を貫く！

どこのどいつだ、そのうらやまけしからん奴は。まずは、俺を倒してからにしてもらおうか！

「えへへ、まだまだ先の話なんですけど……全然相手にされてないし。せっかく一緒に来たのに」

「ん？」

「い、いえ！　それより、何を作るんですか？　皆さんに配る形をとるのですか？」

よく聞こえなかったので聞き直したのだが、はぐらかされた。

「うん、そのつもり。住民のみんなで同じ物を食べるって感じにしたいよね」

「それでしたら、お鍋とかになるのでしょうか？」

「ふふふ、すでに案はあるから平気さ。みんなで一緒に食べるといえば……カレーです！」

これは屋敷に帰ってくる前から考えていた。

あの辛味がありスパイスの香りがするオニブタ、どう考えてもカレーに合うじゃんと。

この世界では、カレーは貴族の間では食べられていないけど、庶民の間ではよく食べられてると聞いたことがある。

なんでも、南にある騎士の国が発祥《はっしょう》の地だとかなんとか。

「カレー……ですの？」

「うん、たぶんレナちゃんは食べたことないね。そういう俺もまだないけど。辛くて美味しいやつさ」

「辛いのは苦手ですの……」

「その辺も考えてあるから平気だよ。さあ、始めようか」

煮込みに時間がかかるので、ささっと調理を始める。

まずはフライパンに油を入れ、クオンにぶつ切りにされたオニブタのロース肉とバラ肉を焼いてもらう。

俺はその間にレナちゃんと一緒に、大量の野菜を切っていく。

玉ねぎ、なす、きのこ類、じゃがいもなどなど。

「うぅー……目にしみますの」

「あはは、量が量だからね。でも、カレーは玉ねぎが多すぎるくらいがちょうどいいんだ」

「クレス様は、そういう知識はどこで手に入れたんですの？」

「そりゃ……お稽古とか舞踏会をサボってる間にさ」

「まあ……！　そういえばそうでしたわ。クレス様はサボりで有名ですものね」

そんな会話をしつつ、肉が焼けたら一度皿に移す。

その旨味たっぷりの油の中に、玉ねぎだけを入れて炒める。

決して焦がさないように、弱火でじっくりと。

「玉ねぎだけですの？」

「うん、そうだよ。入れる野菜にも順番があるんだ。それぞれ、火の通りが違かったりするからね」

「ふぇ～……ふふ、お姉様の言う通りですの」

「うん？　アスナが何か言ってた？」

「『あいつはよく分かんないことをよく知ってる』って言ってましたわ」

「あぁー……否定はできないや」

特に前世の記憶を取り戻したあたりはひどかった。

記憶を混同して、どっちの知識なのか分からず話してた気がする。

それが原因で、頭がおかしくなったとか一時期言われていたっけ。

「でも、こうして民のために役立っているので無駄ではないですね！」

少し嫌な記憶を思い出したが、レナちゃんが目を輝かせてそう言ってくれたので、救われた気持ちになる。

「なるほど……そういう見方もあるか」

「はいっ……あっ、玉ねぎが色づいてきましたの」

「おっ、ほんとだね。そしたら人参とナスを入れようか」

鍋に人参とナスを入れて、蓋をして蒸し焼きにする。

その間にお湯でジャガイモを茹でておく。こうすれば、時間短縮になるのだ。

「お肉はいつ戻すのですか？」

「ジャガイモと一緒のタイミングかな」

俺がそう言うと、レナちゃんはどこからか紙とペンを取り出した。

「ふむふむ……」

「メモ取ってるの？」

「えっと……私、あんまり役に立ってないので……お料理なら作れるかなって」

……なんていい子なんだ。

「それじゃ、好きな時に料理ができるように手配しておくよ」

「まあ！　ありがとうございますの！」

「いえいえ、可愛い妹分の頼みだから。というか、よくお父さんが許したね？　アスナは仕方ないとして」

「……てへっ」

「……まさか……許可を得てない？」

「そ、そんなことはありませんの。ただ、許してくれないのなら一生口をききませんって言っちゃって」

あの娘を溺愛《できあい》してる公爵に……その心中は計り知れない。

今頃、絶望しているか、俺達を恨んでいるかだ。

……ま、まあ！　今は考えてもしょうがないや！

「よ、よーし、肉を戻しちゃおうかなー」

「そしたら、ジャガイモも入れますの」

「そこに魔法で水を足して……はい、ここから少し煮込みます」

「では、わたしはお米を炊きますの」

「俺はここで灰汁《あく》取りしてるから、それ終わったら休憩してねー」

レナちゃんが返事をして、土鍋のある場所に行く。

「白米も少しだけあるけど、やっぱり高いし少ないみたいだ。南にある騎士の国では白米が主流らしいけど……そこと交流も考えないと。あとは、肉もいいけど魚系も欲しいなぁ」

この土地にあるのは前の世界で言うインディカ米に近いので、カレーにも合うだろう。

そんなことを考えつつ、灰汁《あく》を取り続ける。

そして三十分くらい待ってから、仕上げにスパイス類を入れる。

これらは俺が王城から持ってきたものだ。

「よしよし、いい感じだ。ふふふ、香りがいいぞ～」

そのまま焦げつかないように混ぜつつも、ゆっくりと弱火でコトコト煮る。

その匂いに釣られたのか、アスナとアークがやってきた。

「クレス～！　お腹が減ったわ！」

「おいおい、いい匂いしてんじゃん！」

「おっ、みんな釣られてきたねー。もう少ししたらできるから待っててて」

ここで慌ててはいけない。

料理とは我慢との戦いである……プロじゃないから知らんけど。

「すんすん……いい香りですが、これで完成ではないのですか？」

鼻を鳴らしたクオンが尋ねる。

「うん、ここからが大事なんだ……よし、いいかな」

「あれ？　火を止めてしまうのですか？」

「これがミソなんだよ。こうして一度常温に戻すことで味がまとまるんだ」

「へぇ、そうなのですか。相変わらず、変な知識はありますね」

「変とか言わないでよ」

「ふふ、今は役に立ってますもんね」


その後、厨房を出てマイルさんに住民を集めるようお願いしてから、みんなで中庭でお喋りをしてると……夕食の時になる。

厨房に戻り、カレーを確認してみると……

「おっ、いいねいいね。レナちゃん、ご飯の用意はいい？」

「はいっ！　いけますの！」

「クオン！　街の人達は⁉」

「もう集まってます。だいぶ、お腹を空かせてるみたいですよ」

「それじゃあ、予定通りに領主の館の前で炊き出しみたいな感じにしようか」

クオンとタイガさん達が、重たい土鍋や器を運んでいく。

その間に俺は先に表に行き、住民達に挨拶をしに行く。

外に出ると、そこにはマイルさんの呼びかけに応じてくれた二百人ぐらいの人が集まっていた。

これくらいなら、カレーもご飯も足りるだろう。

「クレス殿下だっ！」

「なんでも、クレス殿下自ら我々に料理を作ってくれたそうだ！」

「わ、私達も食べていいのかな？」

「少し恐れ多いけど……」

喜んでいる者、不安に思っている者、様々だ。

確かに王族がご飯を作って、民に食べさせるとか聞いたことない。

でも、ここでは俺の自分勝手《ルール》に従ってもらう！

「皆さーん、お疲れ様です！　今日は集まってくれてありがとうございます！　いつも頑張ってくれてる皆さんにお礼がしたいと思いますので、ささやかですが料理を用意しました！　遠慮なく食べてくださいねー！」

俺がそう告げると、街の人々が口々に言う。

「ありがたやありがたや……」

「我々にお礼を言ってくれる貴族の方がいるなんて……」

「これは俺達も頑張らないとな！」

「おうよ！　クレス殿下万歳！」

何やら大歓声が巻き起こってる……カレーを作っただけなんですけど。

まあ、俺も嬉しいし、みんなも嬉しいならいいや。

その後、テーブルの上に土鍋を、その横にはいくつかの器とスプーンを置いていく。

「では、獣人と人族でお皿を持って二列に並んでください！　全員分あるので慌てなくて平気ですから！」

俺がそう言うと、アークが口を開く。

「んじゃ、俺が人族の列を整理するかな」

すると、タイガさんも手伝いを申し出てくれた。

「では、俺が獣人達の方を見よう」

「私達は、配膳に専念しましょう。主人殿は頑張ったので、そこで見ていてください……自分が何をしたのか」

「う、うん？　まあ、のんびりできるならいいけど」

アークが人族を誘導し、タイガさんが獣人族を誘導する。

レナちゃんとアスナがご飯をよそい、クオンが素早くカレーを載せていく。

俺は領主が使うお立ち台の上から、それを眺める。

すると、隣に並んだ犬獣人と人族が会話している光景が目に入った。

「な、なあ、めちゃくちゃいい匂いだな？」

「……もしかして、俺に話しかけたのか？」

「そりゃ、そうだよ。隣にいるのはアンタしかいないし」

「……あ、ああ、そうだな。確かにいい香りだ」

二人は、ぎこちなく会話をしていたが、不意に笑い合った。

そんな光景があちこちに見え、みんな一緒にカレーを食べている。

「う。うめぇ！　辛いけどうめぇ！」

「コクがあるっていうか、深い味がするわ！」

「うむ！　美味い！」

「お母さん！　美味しいね！」

その光景も見て、俺は言葉を溢《こぼ》す。

「……うん、いいね。やっぱり、みんなでワイワイするのがいい。それに、もう堅苦しいのは嫌だ。

俺は、ずっとそうしたかった」

なくなりつつあったとはいえ、偏見が残っていた王都では、獣人と仲よくすることは難しかった。

世継ぎのスペアゆえに、城から出ることもままならない窮屈な生活。

冷たい食事、一人ぼっちの食事、誰の声もしない……やっぱりそんなのは嫌だ。

「主人殿」

「クレスー！　私達も食べるわよー！」

「何をぼさっとしてんだ！　先に食べちまうぞー！」

「クレス様～！　もう全員分配りましたわ！」

どうやら、感傷に浸っていたら時間が過ぎていたらしい。

周りを見ると、カレーはみんなに行き渡っていた。

俺もお立ち台から降りて、みんなのもとに行く。

そして、クオンからカレーの入った器を受け取る。

「よし、揃ったな」

「では、いただきますか」

「クレス！　早く早く！」

「わたしもお腹が空きましたの！」

「はいはい、おまたせしました。それでは……いただきます！」

「「「いただきます！」」」

そう言うやいなや、俺はカレーとご飯を一緒に口に含む！

するとコクのある味が口に広がり、次にスパイスの香りが鼻に抜ける。

お肉もやわらかく、口の中でほろほろと溶けていく。

これは、ご飯が何杯でもいけるやつ！

「うまっ！　からっ！」

俺がそんな声を出しながらカレーを頬張ると、アーク、クオン、アスナも感想を口にする。

「うめぇなこれ！」

「もぐもぐ……おかわりが必要ですね」

「辛いけど美味しいわ！　こんな食べ物があったのね……」

そんな中、俺はレナちゃんの様子を見る。

「レナちゃん、大丈夫？」

「はいっ！　クレス様が教えてくださったココナッツミルク？　ですか？　それを入れたら辛さが収まり美味しくなりましたの！」

「ほっ、ならよかった」

実は先日の探索中にココナッツを見つけたので、それをいくつか持って帰っていた。

途中から別の鍋でココナッツミルクを入れたカレーを作っており、子供達や辛いのが苦手な人達には、そっちを食べてもらっている。

「……なんかいいな、こういうの」

「気持ちは分かるわ……なんて言ったらいいのかしら？」

アークとアスナが笑顔のレナちゃんを見てそう言ったら、レナちゃんとクオンが頷いた。

「わたしも同じことを思ってましたの……胸がポカポカするというか」

「それは皆さんでワイワイ食べるからかと。私も皆さんに会ってから感じたことですね」

それを聞いて、俺は笑みを浮かべる。

「俺もそうだよ。やっぱり、食事はみんなでワイワイ食べた方が美味しいと思うんだ」

俺の言葉に納得したのか、みんなが頷く。

「あれ？　主人殿は今回は泣かないので？」

「ちょっ!?　クオン、言わないでよ!?」

アークがニヤニヤしながら開く。

「ほほう？　クオンさん、その話を詳しく……」

「へぇ、面白そうじゃない」

「是非聞きたいですの！」

アスナとレナちゃんも興味津々だ。

こんな風にわちゃわちゃしながら食べる食事は、より美味しく感じる。

これからも、こんな風に過ごしていけたらいいよね！　スローライフ万歳！

◆　◆　◆

やれやれ、親友は相変わらずか。

俺――アークはカレーを食いながら、昔のことを少し思い出していた。

いつも通り、王子とは思えない行動や言動をしている。

他の貴族達には煙《けむ》たがられるが、俺は個人的に好きだったりするが。

だから、兄貴が結婚したのを言い訳にして、ここにやってきたが……正解だったたな。

そのために俺は父上に会いに行き、直談判《じかだんぱん》をしてきたのだから。

俺はその時のことを思い出す。

「父上、俺はクレス殿下のもとに行きます」

「なに？　追放されたクレス殿下か……ふん、アーク、お前は相変わらずあの王子とつるんでいるのか」

「ええ、気のいい方ですから。俺にとっては無二の親友であり、俺が仕えたいと思う方です」

「所詮《しょせん》、なんのとりえもない第二王子だ。何をそこまで執着するのか分からんが……」

「あいつには人を惹きつける何かがあるんですよ。そして、それは周りを明るくする。俺はあいつが何をするか見てみたい。そして、自分が何をするかを考える時間が欲しい」

「……まあ、いいだろう。エバートが結婚したことで、お前もある意味で自由になった。あとは好きにするがいい。ただし、うちには迷惑をかけるな」

「ええ、分かってます。それでは、俺は準備がありますので……兄上によろしくお伝えください」

こうして、俺はここにやってきたってわけだ。

うざったいお目付役もいないし、こうして自由に過ごせる。

これも、クレスが作り出す雰囲気のおかげだろうな。

思えば、昔から変な奴だった。俺は記憶をさらにさかのぼる。

王城で開かれたパーティに参加した俺は、手持ち無沙汰で周りを見回す。

……つまんねえな。

どいつもこいつもおべっかを使うか、自分の家の自慢ばかり。

そんなのは先祖が偉いわけであって、お前達が偉いわけじゃないんだよ。

そんな会話が嫌で、中庭のベンチで一人で座っていると……

「ねえねえ、君も一人？」

「誰だ……これはクレス殿下！」

そこには我が国の第二王子であるクレス殿下がいた。

「そんなに固くならないでいいよ。所詮、僕は兄さんの代用品だからさ」

「い、いえ……」

「あっ、ごめんね、気を遣わせて。君は確か、カラドボルグ家の人？」

「はい、カラドボルグ家次男のアークと申します。年齢は七歳です」

「そっか、僕はクレス・シュバルツって言うんだ。じゃあ、同い年だね」

「……そんなことはみんな知ってますよ」

「あははっ！　それはそうだよね！」

そのやわらかい雰囲気に、こっちも少し安心する。

どうやら、身分を振りかざすような人ではないらしい。

「それで、どうしたのですか？」

「いや、僕が行くとみんな逃げちゃうか困るみたいなんだ。そしたら、君が一人でいたから……友達になってくれないかなって」

「……俺でよろしければ」

「ほんと⁉　やったぁ！　ありがとう！　男の子の友達は初めてだよ！」

よく分からないけど、気がつくと返事をしていた。

俺も同じ立場だったし、気の合う友達が欲しかったから。


……あれからいろいろあったな。

一緒に城下町に抜け出したり、城の中で探検やかくれんぼをした。

そんでもって、周りの大人達に怒られたっけ。

王子としての自覚やら、侯爵家がどうたら……めんどい。

それが終わったあと、二人で笑い合った。

どうせ、俺達はスペアなのだからと。

俺達の心配をしているわけではなく、スペアの心配をしているのだと。

無論、今ではそれだけでないことは分かってるつもりだ。

それでも、あの時の俺がクレスの明るさに救われたことは間違いない。

もしかしたら……俺が原因でお家騒動に発展していた可能性もある。

なにせ、聞いていないが父上はどちらに継がせるか迷っていただろうから。

「アーク！　みんなでワイワイすると楽しいね！」

「ああ、そうだな。クレス、お前には感謝してるよ」

「どうしたの？　急に改まって……」

「いや、言いたくなったんだよ」

クレスは首を傾げたあと微笑んだ。

「ふーん、変なアーク……でも、それは俺の台詞かな。寂しかったから君が来てくれて嬉しいよ」

「あぁー……そうかい」

ほらこれだ、照れもなく言いやがる。

親しい奴には見せる、この王族とは思えない邪気《じゃき》のない表情。

それが、人々に安心を与えることを、本人は自覚してない。

まさか、俺がクレスに仕えたいなどと思ってるとは……夢にも思っていまい。

無論、それを言うつもりは一生ないが。

俺の人生に意味などないと思っていたが、ここでクレスが何をするのか見届けよう。

そして、俺にできることで力になれればなと思う。

しばしの間の回想から戻り、俺は目の前の状況に思いを致す。

「ひとまずは、これをどうするかだよなぁ」

「クレス！　これ美味しいわ！」

「主人殿、おかわりが欲しいです」

「わわっ⁉　待って！　どうして俺がよそうの⁉　というか、二人共近いし！」

クレスに構ってほしいアスナとクオンが、火花を散らしている。

もちろん、クレスは二人の気持ちに気づいていない。

王族に生まれたのに、自分を低く見る癖がある。

まあ、王都で見るようなドロドロでないのが救いか。

「くく、見てる分には面白いな」

「アーク！　何を笑ってんのさ！」

「いやぁ、なに……お前の力になりたいが、それに関しては無理そうだ」

「どういうことぉぉ⁉」

「クレス！」

「主人殿」

「あぁ！　もう！　分かったよ！」

さてさて、これもどうなるか見ものだ。

そして、クレスがこの地で何を成すのか……それが今の、俺の一番の楽しみだ。

三章　襲来

一回目の森への冒険のあと、みんなでカレーを食べてから一週間は、同じメンバーで何度も森林を探索し魔石を探していた。

そしてどうにか目ぼしい魔石を見つけてから一週間後、カレーの日から通算二週間、俺達のもとに待望の知らせが届く。

そう、ドワーフ族からの手紙である。

マイルさんが、慌てて部屋にやってくる。

「こ、こちらになります！」

「うん、ありがとう。さてさて、なんて書いてあるかなー」

「そんなお気楽な！　ドワーフ族が人族に手紙を出すことはとても珍しいのですよ!?」

「まあ、そうみたいだね。彼らの国とは交易こそしてるけど、実質的には鎖国《さこく》みたいなものだし」

彼らは竹を割ったような性格で、嘘が嫌いらしい。

そりゃ、人族を嫌いになるのは無理もない。

とりわけ貴族が嫌いなのも納得がいく。

「これで主人殿が嘘をついていたら大変ですね」

「せ、戦争になりますよ！　彼らの命とも言えるビールについて嘘ついていると思われたら……あぁ！　もう終わりだっ！」

クオンの冗談を聞いて顔を青くするマイルさんに、俺は慌てて口を開く。

「マ、マイルさん、落ち着いて。大丈夫、俺は彼らの望みを叶えられる……はず」

「……私は若い頃に彼らに会ったことがあるのです。その時はビールがなくて乱闘が起きておりました」

なんか、そう言われると不安になってきた。

俺の氷魔法でラガービールができなかったらどうしよう？

……殺されたりしないよね？

「なるほど、それは相当ですね。その時は、私が主人殿を守りましょう」

「ま、まあ、まだ来るまでは時間があるだろうし」

「そ、そうですな、まだ時間が……」

その時、大きな音を立てて扉が開かれる！

そこには汗だくのアスナがいた。

「クレス～！　大変よっ！」

「アスナ！　どうしたの!?」

「ドワーフの奴らが来たわっ！」

突然のことに、俺は首を傾げて問い返す。

「……はい？　いや、今さっき手紙が届いたばかりで」

「いいから！　早く領主に合わせろって大変なのよ！　今はアークとタイガさんが止めてるけど……このままだと、暴動が起きるわ」

「いや、だからなんでこんなに早く……うわっ⁉」

混乱していると、クオンが俺をお姫様抱っこする……やだ、きゅんとしちゃう。

そんなことを思っていると、窓から身を乗り出す。

「ちょっ？　クオンさん？　ここ二階……」

「主人殿、舌を噛まないように！　飛びます！」

「うひゃアアア⁉」

そしてジェットコースターが天辺《てっぺん》から落ちるような感覚に襲われる！　きっと男の子なら分かるよね⁉

クオンはそのまま、綺麗に着地をする。

「平気ですか？」

「う、うん、なんとか」

「では、このまま行きます」

クオンがは俺を抱えたまま走り出し、館を出て門へと向かう。

野次馬が騒ぐ中、門の近くに到着すると、五人のドワーフ達がいた。

「はよせんか！　ここにラガーの秘密を知る者が！」

「ワシら念願のラガーの希望がここに！」

何やら門の前に髭《ひげ》を生やした強面《こわもて》で殺気立った男達がいる。

身長百六十センチメートル程度のずんぐりむっくりした体型、あれはまさしくドワーフ族だ。

みんなほぼ同じ目をしていて、あまり区別がつかない。

「ええい！　落ち着けというのに！」

「ったく！　ドワーフってのはこれだから！　相変わらず話を聞かないぜ！」

その彼らを、衛兵と一緒にタイガさんとアークがどうにか抑え込んでいる。

「えっ？　今からあそこに行くの？　クオン、どうして下ろすの？」

「ええ、そうですよ。いえ、ここからは一人で行ってくださいね」

「見捨てられた⁉　……帰っちゃだめ？」

「ダメに決まってます。というか、主人殿には、彼らを冷静にさせる方法があるじゃないですか」

「ん？　どういうこと？」

「彼らが何を求めてやってきたと思ってます？」

「ああ……確かに、俺にしかできないね。んじゃ、いっそのこと派手にいきますか」

俺は意識を集中し、魔力を最大限に高める。

イメージするは白い世界だ。攻撃性は皆無《かいむ》、ただただ美しさを追及する。

「みんなー！　上を見てねー！　白き氷よ、天より来たれ、〈スノーフォール〉」

夏空の下、空から雪が降り積もっていく。

それは、都市全体を覆うほどだった。

「これは……綺麗ですね。いつもの氷とは違い、白くてふわふわしてます」

「でしょ？　これは雪っていうんだ。また氷とは少し違うものだよ」

魔力をかなり使ったけど、効果は絶大だったらしい。

「これはなんじゃ……冷たいぞ！」

「これが伝説の氷か！」

「手紙に書いてあったことはまことだったのか！」

ドワーフ達が天を見上げながら、涙を流している。

……泣くほどのことなのかな？

とにかく、今のうちにアークとタイガさんに近づくことにする。

「二人共、お疲れ様」

「ふぅ、助かったぜ」

「まったく、この俺が力負けしそうになるとは……ドワーフとは恐ろしいな」

少し息を上げながら答える二人に、俺は不安を覚える。

「とりあえず、俺が話をしてくるよ……怖いけど」

「んじゃ、俺は館に知らせてくるわ。とりあえず、落ち着いたって」

「うん、お願いアーク」

クオンとタイガさんをお供にし、彼らに近づいていく。

すると、俺に気づいた一人のドワーフがやってくる。

「も、もしや、お主がこの現象を起こした者か？」

「はい、そうです。俺の名前はクレスと申し――あぎゃぁぁぁ!?」

俺が返事をし終わる前に、一人のドワーフに抱きしめられる！

「うおぉぉ！　皆の者！　ここに我らの救世主が現れた！」

イタタタ!?　抱きしめる力強っ！

人が珍しく真面目に話してたっていうのに！

「「「ウォォォォォォ！」」」

「わ、分かりましたから！　とりあえず離してぇぇ！」

救世主なのに殺されそうになってるけど!?

……その後、俺はクオンによりどうにか救出された。

「いや、すまんのう……つい、嬉しくて」

「イタタ……まあ、いいです。ところで、五人いますけど、あなたが代表ですか？」

「うむ、我はドワーフの王より遣わされたガルフという者じゃ。よろしく頼む、救世主殿」

差し出された手を取り、握手を交わす。

想定外だったけど、早めに来る分には問題ない。

あとは、俺が彼らを納得させるものを用意すればいい。

……できなかったらどうしよう？


その後、ドワーフ達を連れて館に向かうついでに、話を聞くことにする。

ちなみに、敬語はやめてくれと言われたので、お互いにやめることになった。

俺自身も堅苦しいのは嫌いだから、もしかしたらドワーフ族とは気が合うかもしれない。

「えっと、君達はどうしてこんなに早くに？　さっき、俺のところに手紙が来たばかりなんだけど……」

「がははっ！　そちらから手紙が届いたと同時に行動を起こしたわい！　そして手紙を送ったあと、すぐに国を出てきた！」

……手紙の意味とは？

いや、それくらい待ちきれないってことか。

今は笑ってるけど……俺、期待に応えないと酷い目に遭うだろうね。

「なるほど、そういうことですか。ただ、びっくりするので今後は勘弁《かんべん》してくださいね」

「それについてはすまん。今後か……それはお主次第じゃな。しかし、こちらも大変だったんじゃぞ？　行きたいメンバーで揉めに揉め、乱闘騒ぎじゃわい。その中でも鍛冶の腕が高い者を連れてきた」

「そんなにですか⁉　確か、ドワーフは鍛冶の巧さで序列《じょれつ》が決まると聞いたことがあるけど……」

「うむ、今回は、若手だが選りすぐりの者を揃えた。それくらい我らにとっては悲願ということじゃ……さて、何やら、作りたいものがあるのだろう？」

「まあ、詳しい話は館に着いてからにしましょう」

ドワーフの鋭い目つきに怯えつつ、館に到着する。

そして人数が多いので、マイルさんに、初めて使う一階の会議室に案内された。

そこは長いテーブルがあり、その奥には黒板が置いてあった。

ひとまずみんなが椅子に座り、黒板の前にマイルさんが立つ。

「で、では、私が司会を務めさせていただきます、領主補佐官のマイルと申します。失礼ですが、お話は代表者であるクレス殿下とガルフ殿で進めていただきます。意見がある方は、挙手をお願いいたします」

「うむ、それでもいい。基本的にワシ以外は黙っておる。人族にはドワーフの判別はつかんだろうしな」

「確かに、みんな同じに見えるね。年齢とかも分からないや。まずは、自己紹介をした方がいいかな？　俺はクレス・シュバルツ、年齢は十五歳になるかな。一応、シュバルツ国の第二王子だけど気にしなくていいから」

「そうじゃな。ドワーフは三十歳を超えると、大体六十歳くらいまでは見た目が変わらん。そこからゆっくり老いていき、百二十歳前後で土に帰る。ちなみにワシは三十歳で、他の奴らも似たようなものだ。ワシは一応王弟《おうてい》になるが、気にせんでいい」

代表のガルフさんがそう自己紹介をする。王弟という言葉に俺は思わず驚くが、『気にせんでいい』とのことだったので、冷静に聞き返す。

「ふんふん、そうなんだ。寿命は人族より長いと……女性も？」

「おなごは寿命以外は男共とは似ておらず、体は細っこくて身長もさらに小さい。容姿は人族に近いかもしれんな」

この世界の人族や獣人は六十歳前後が寿命だから、ドワーフ族は倍くらい長生きってことか。

「大体分かったかな。それじゃ、本題に入りますか」

「おおっ！　氷魔法じゃな！　まさか、ワシが生きているうちに使い手が現れるとは！　……コホン、いかんいかん。さて……お主が氷魔法を使えるのは、さっき見たから分かる。あとは、ラガーについてじゃ」

「はは……そうだね。一応、俺も古書を調べて知ってるけど、エールと違って温度が低くないと作れないんだよね？　確かラガービールは下面発酵《かめんはっこう》という製法で造られるすっきりした味わいのビール、で、下面発酵ビールとも呼ばれるとか」

「ほほう、人族なのに博識《はくしき》じゃな。下面発酵は、低温下で時間をかけてゆっくりと発酵させる製法で、熟成を促すために一ヶ月ほどの貯蔵期間を設けるらしい」

「そうですね。確かエールは熟成が早く、三日くらいでいいとか。適温も二十から二十五度なので、この大陸……特に東の方では作りやすいですよね。ただ、ラガー作りに必要な気温はゼロ度から七度……まあ、この今の大陸では作れないわけです」

「そこまで分かっておるなら話は早い。ゆえに、お主の氷魔法が必要じゃ。そのための設備はワシらに任せるがいい」

「そうですね。そのために、俺の氷を使ってもいいですよ……無論、俺の頼みを聞いてくれることが条件ですが」

「ここに来て氷魔法を確認した時点で、ワシらの心は決まってる。お主の要求であるドワーフ数名の移住と、物の作成を引き受けよう」

「っ〜！　ありがとう！」

これでプールが作れる！　ふぅー！

「礼を言うのはこちらの方じゃ。ドワーフ族の悲願であるラガー作製を叶えてくれるのだから。氷さえ用意してくれれば、あとはワシらが作ろう。その生産方法と使用する権利だが……」

「そういうのは俺はよく分からないので。マイルさん、あとはお願いしてもいい？」

「はいっ！　あとはお任せください！　いやぁー！　クレス殿下は博識ですな！　私などはさっぱり分かりませんでしたよ」

「はは……それはどうも」

そりゃ、そうだろう。

実際には古書なんて見てなくて、前世の記憶頼りなのだ。

なので詳しい製法を知っているドワーフ族がいてよかった。

これで、俺の快適スローライフに一歩近づくね！


詳しい話し合いはマイルさんと、経済に詳しいレナちゃんに任せた。

レナちゃんに仕事をさせていいのか迷ったけど、アスナがさせてあげなさいって言うので任せることにした。

なので、俺はクオンとアーク、アスナと自分の部屋に行き……一息つく。

「ふぅ、疲れた。まさか、こんなに早く来るなんて」

「ふふ、お疲れ様でしたね。でも、早く来る分にはよかったのでは？」

クオンが微笑みかけてきたので、俺も笑って答える。

「ははは。まあ、そうだね」

するとそれまで黙っていた二人が部屋の端でコソコソと話し出す。

「ねえ、アーク……どう思う？　あのクレスの知識もそうだけど、あの堂々とした交渉……」

「ああ、見ていて安心したな。何より、できないことは人に任せる器もある。しかし、ドワーフの悲願を解決できる力がありながら、なぜ黙っていた？」

「それは……やっぱり、そんな力があるとバレたら王位継承争いに発展するからじゃない？　だって、向こうの王弟まで出てくるなんて……ただごとじゃないわ」

「そういうことか。つまり、クレスの今までの行動はやはり……やれやれ、親友の俺としたことが気づかなかったよ」

「私もよ、まさかクレスがそこまで考えて……私、馬鹿みたい。そんなことも知らずに、いろいろと酷いこと言ってきちゃった」

何言ってるかよく聞こえないんですけど？

ただ、なんとなく……嫌な予感がするのは気のせいだろうか？

「あのー！　二人共！　何をコソコソしてるの？」

「ふふ、いいではないですか。主人殿を褒めているのですから」

「そうなの？　というか聞こえるんだ？」

「もちろん、獣人ですから。それで、このあとはどうするので？」

「うーん……ちょっと待ってね」

ドワーフを呼んだことで、お風呂や冷蔵庫、プールや冷房なんかも頼める。

他にも風通しのいい家とか、その他にもいっぱい作ってほしいものはある。

……それらを通じて、特産品でも作っていくか。

「うん、次は特産品を考えるよ。お風呂を作るなら、それこそビールなんていいね、あとはプールのあとに食べるアイスとか。そういう、ここでしか体験できないものがあればいいね。そしたら、お客さんも来るだろうし」

「なるほど。そうなると、何が必要になりますか？」

「まずは塩だね。それと、砂糖か、はちみつでもいい。牛乳も欲しいし、魔石も欲しい。あっ、卵もないと……うぅー」

「ふふ、まだまだ課題は山積みですね？」

「ほんとだよー。まあ、一個ずつやっていくしかないか」

俺とクオンが計画を練っていると、コソコソしていた二人が近づいてくる。

何やら俺を見る目が変わってる気がするのだが？

すると、アークが口を開く。

「そこまで考えていたとはな、流石だ。確かに、人を呼び込むためには娯楽があるといい」

「そこまで？　……まあ、いいや。うん、やっぱり娯楽はいるよね」

俺がそう言うと、アスナが頷いた。

「そうね。幸いドワーフを味方につけたから、施設の建設に関しては問題なさそう。レナに任せておけば、お金の面でも安心するといいわ。あの子の頭のよさは、財務大臣であるお父様直伝だから」

「いやー、ほんとレナちゃんには頭が下がります。あっ、二人も何かいい娯楽があったら言ってね？」

「「うーん……」」

二人が考えてる間に、俺もこの先のプランを考える。

塩は海に面しているドワーフ族から仕入れればいい。

砂糖は確か、南にある騎士の国が生産量が多いとか。まあ、うちの国でも作ってるから、そっちからでもいいか。

「そうなると、アイスを作るとなると、はちみつと牛乳が欲しくなってくるな」

俺が思わず声を上げると、クオンがそれに反応した。

「はちみつはともかく、先ほども言ってましたけど、牛乳ですか？　手に入れるのは困難ですよ。そもそも、あれって美味しくないって話ですよね？」

「あぁー、そういやそうだったね」

この大陸に存在する牛の魔獣……モウルは前世の牛と同じく暑さに弱い。そのため、絶滅の危機に瀕《ひん》しているのだ。

ゆえに体は痩《や》せているし、乳も美味しくない。さらに栄養が足りてないからか、気性も荒く飼育に向いていないのだ。

「何か考えがあるのですか？」

「まあ、一応ね。仮説は立ててあるし。クオンも、何かしたいことある？」

「したいことですか……滝行とかですかね」

「た、滝行……それは苦行じゃなの？」

「いえいえ。精神統一できて、頭がすっきりしますから。ただ、そのあとにお湯にでも浸かれたらいいですね」

……ふむふむ、冷たいシャワーを浴びたあとに温水ジャクジーに入るような感覚かな。

どっちしろ、そういうのは作った方がいいかも。

すると、悩んでいた二人が顔を上げたので、質問してみる。

「決まったみたいだね。じゃあ、アスナから行こうか」

「クレス！　私は闘技場《とうぎじょう》がいいわ！」

「闘技場ねぇ……誰と誰が戦うの？」

「そりゃ、私達よ。獣人や人族、ドワーフ族までいるんだもの。そんな場所はそうそうないわ」

「俺は闘わないよ？　ただ、確かに案自体は悪くなさそうだね」

「でしょ!?　絶対にやるべきだわ！」

これから人が増えると、血の気の多い連中のガス抜きも必要になってくるだろうし。

問題を起こす前に、そういう場所を作って発散させるのはいい方法かも。

それで景品なんかを出してもいいし、もしかしたら観光名所にもなるかも。

「うんうん、いいね。評判になれば他国から人が来るかもしれないし」

「そうよ、騎士の国とか黙ってないと思うわ」

「じゃあ、それも候補に入れておくかな。アークは何が浮かんだの？」

「俺はゲーム系が欲しいな。それこそ、王都にあるビリヤードとか」

「ゲームかぁ……うん、それもいいね」

俺の前世の知識があれば、ボウリング場やトランプをやるカジノなんかもできる。

こうなったら……一大テーマパークでも作りますか！

ひとまず、やりたいことリストは溜まった。

そうなると、あとは順番決めと材料集めだ。

そこまで話したところで、マイルさんが部屋に入ってきて、話し合いが終わったレナちゃんとガルフさんと合流することになった。

会議室に入ってまず最初に、レナちゃんを労う。

「レナちゃん、いろいろとありがとね」

「いえ、私にできることはこれくらいですので。ほとんど、マイルさんがやってくれましたし」

マイルさんも優しく声をかける。

「いえ、私も助けられました。さすがは財務大臣の娘さんです」

「ほら、マイルさんだって言ってるし、そんなことないよ。それにいてくれるだけで、みんなが笑顔になるし」

「えへへ……ありがとうございます」

いやぁー、可愛い。

俺は末っ子だから、こういう弟か妹が欲しかったなー。

……兄さんや姉さんは、俺に対してどういう気持ちなんだろう？

そもそも、あまり関わってこなかったから分からない。

「随分と私と対応が違うわね」

「はい？　そんなの当たり前じゃん。レナちゃんだよ？」

俺が言い返すと、アスナはボソっと呟いた。

「むぅ……私だって頭なでなでされたい」

「なんて言った？」

「う、うるさいわね！」

怒られてしまった……相変わらず理不尽《りふじん》である。

幼馴染とは、みんなこういうものなのだろうか？

「あぁー、話してるところ悪いが……」

申し訳なさそうに口を開いたガルフさんに、俺は向き直る。

「ガルフさん、すみませんでした。それで、どうなりましたか？」

「ひとまず、金の心配はせんでいい。どうやら、お主が素晴らしいものを用意してくれたからのう」

「ああ、氷魔法が入った魔石ですね」

森で倒した三体の魔物から得た魔石には、俺の氷魔法を最大限込めておいた。

あれなら、あちらに渡す土産物として上等だろう。

「うむ、アレを見せれば兄……国王や重鎮《じゅうちん》達も納得するであろう。ワシらの他にも、何人か応援が来るはずじゃ。さて、早速だが仕事を始めるとしよう。まずは、最優先で作るべきものはなんじゃ？」

「やっぱり、お風呂かな。暑いから汗をかくし、男女別のお風呂があるといいね」

「分かった。それくらいなら持ってきた鉱石を使えば問題ない。しかし、それで鉱石は使い切ってしまうぞ？　それとも、木の湯船にするかのう？」

そこは迷いどころだ。

どっちも捨てがたいけど……なんか、木の風呂って憧れがあるよね。

「うーん、個人的には木の湯船がいいんですけど……それだと、すぐにダメになります？」

「いや、ものによってはそんなことはない。この近くに森はあるか？」

「ええ、例の魔石もそこで手に入れました。奥に行くと、中堅クラスの魔物がいます」

「ふむ、ならば一度見る必要があるな」

「木なら必要かと思って、事前に獣人の人達を集めて、保存するように頼んでますけど……風通しのいい家も作ってほしかったので」

「では、早速その保存場所に行くぞ！　それをしないとビール作りもできん！」

「わわっ!?　引っ張らないでぇぇ～！」

この小さい体のどこにそんな力があるのか、ガルフさんは俺を引っ張って外に出て行った。

クオンだけがあとを追ってきて、三人でタイガさんのところに向かう。


「タイガさん、こんにちは。こちら、改めてましてガルフさんです」

「タイガだ、よろしく頼む」

「虎の獣人か！　こいつは心強い！　ワシはガルフという、よろしく頼むわい」

気が合ったのか、二人は握手を交わした。

ドワーフの国には獣人はいないって話だけど、とりあえず一安心だ。

そのまま、近くにある建物に入っていく。

そこには伐採《ばっさい》された木々が横たわっていた。

「ふむふむ……ほほう、こいつは悪くない。水に強く、腐りにくい木だわい。これなら、風呂を作っても問題あるまい。うちが船に使ってるものと一緒だしな」

「おおっ！　ではお風呂が！　あとプールとかも！」

俺が興奮して声を上げると、ガルフさんは首を傾げた。

「お風呂は分かるが、プール？　それはなんじゃ？」

「あっ、説明してなかったですね」

俺は簡単にプールの説明をする。俺が欲しいのは普通のプールと、流れるプールだ。

幸いドワーフの国は海が近いので、泳ぐ施設ということは分かってくれた。

「人工的な池を作るということか……面白い。ワシらには浮かばない発想じゃな。それもこの木で十分だろう。この木はクッション性も高いからのう」

「おおぉー！　やったぁ！　では、その二つをお願いできます？」

「うむ、任せろ。その代わり……」

「へへ、分かってますぜ、旦那。氷はあっしに任せてください……これで念願のお風呂とプールが手に入る」

「ククク、分かっておるな……これで念願のラガービールが手に入るというわけじゃ」

俺達が悪い顔をしながらヒソヒソ話していると、クオンにため息をつかれた。

「まったく、何をやってるのですか……」

「悪代官ごっこだよ」

「人族はよくやるんじゃろ？」

「ほら、主人殿のせいで変な印象を強くしてしまっているではないですか。主人殿は、人族の代表なのですから」

……そうだった。

ドワーフは人族との関わりを極力持たない。俺の迂闊な行動が、人族全体として見られるってことか。

「クオン、ごめんなさい。ガルフさんもすみません」

「いや、気にせんでいい。何より、今のやり取りだけで分かる……お主がよき人族だということが——種族関係なく接してくれるということが」

「はい？　俺、何かしました？」

俺がそう言うと、タイガさんは鼻を鳴らした。

「ふんっ、相変わらず自覚なしか」

「ふふ、それが主人殿のいいところですね」

「なるほどのう。正直言ってラガー以外は期待しておらんかったが……こいつは楽しくなりそうだわい」

なぜか、三人からあたたかい目で見られてる。

……よく分からないけど、上手くいったならいっか。

その後風呂の建設計画を少しだけ話して、俺達は屋敷に戻った。

◇　◆　◇

ガルフさんが来てから、一週間が過ぎ……

俺達も準備に追われ、忙《せわ》しなく動いていた。

特に木は大量に必要ということで、アスナとアークを中心とした探索チームが魔物を倒しつつ、他の人々で伐採する作業を行っている。

レナちゃんはお金の面などの調整役などをしてくれ、相変わらず助かっている。

そして、俺はダラダラと……できてない！

領主専用の部屋で、書類仕事に追われていた。

これなら、探索している方がいいし……ダンジョンとか見つからないかなぁ。それなら調査という名目で書類から逃れることができる。

「主人殿、手を動かしてください。はい、こちらが次の書類ですね」

「ぬぉー！　めんどい！」

「いや、これでもだいぶマシですから。マイルさんに感謝してください」

「いえいえ、本当なら私が全部見て判子を押せればいいのですが……領主権限はクレス殿下に移行しているので、最後の確認が必要なのです」

「ううん、こっちこそ愚痴を言ってごめんなさい……よーし、頑張りますか！」

そもそも、レナちゃんとマイルさんがいなければ、仕事量はもっと多くなる。

俺の仕事は要点をまとめた内容を確認して、判子を押すだけだ。

それくらいは、しっかりやらないとだ……その中で、とあることに気づく。

「ん？　……魔石は領内にだいぶ行き渡った感じかな？　暑くて大変とか、氷をお願いしますとかいう陳情《ちんじょう》が減ってきてるね」

「ええ、そうみたいですね。ただ魔石に込められる魔力の容量が少ないので、それもすぐになくなるでしょう。なので、効率的に涼しくする方法が必要です」

「そうなると、やっぱり風通しのいい家作りか。あとはクーラー……そうなると、風魔法も必要になってくるか。部屋全体に、俺の魔法の力を広げるために」

「風魔法ですか……風魔法を使えるような人族は、この辺境には来ないでしょうし、難しいですね。クーラーとやらや、プールができれば別ですが……」

「まあ、卵が先か鶏が先かって話になっちゃうもんね」

土魔法はドワーフ族が、氷や水魔法は俺が使うことでなんとかなっている。火は人力でどうにかなる。光と闇は別として、残りの風が足りてない。

無論、風の魔石を購入すればいいけど……輸送代も含めて高くつく。

「あの……少しいいですか？」

「マイルさん、どうしたの？」

「いや、実は……この地には、エルフがいるという噂がありまして」

「エルフ……」

エルフ、それはこの大陸においてはほぼ伝説上の存在。

姿が大して変わらないまま千年を生き、天地を揺るがす風魔法を操り、とても整った容姿をしているとか。

ただ、ここ百年ほど人前に現れていないらしい。

なので絶滅したとか、別の大陸に行ったとか言われている。

「なんでも、探索している森の奥深くにいるとか。まあ、あくまでも噂なので……」

「なるほど……一応、心に留めておくね」

「では、そちらは先送りということで」

すると、ドアが開いてガルフさんが入ってくる。

「やあ、ガルフさん、どうかした？」

「うむ、ひとまず報告に来た……ラガーの発酵に成功した」

「おおっ！　やりましたねっ！」

「これも文献と、お主の氷魔法のおかげじゃ……感謝する！」

ガルフさんはそう言って頭を下げた。

その目からは涙が滲《にじ》み、体が小刻みに震えている。

それくらい、彼らにとっては念願のものなのだろう。

「いえいえ、俺は魔法を使っただけですから。それに、問題はこれからでしょう？」

「う、うむ……あとは一ヶ月ほどかけて熟成を待つ。それより、何やらクソエルフの話をしてたか？」

言葉遣いに反応して、クオンが疑問を投げかける。

「クソエルフ……仲が悪いので？」

「彼奴《きやつ》らはありのままの自然を好む者じゃからな。開拓や開発を生業《なりわい》とするワシらとはそりが合わん。無論、彼奴らの言いたいことも分かるが……どうにも性格がネチネチしとるらしい。といっても、ワシも百十歳になる祖父からの又聞きじゃが」

……そうか、ドワーフの寿命は人族の倍くらいあるんだ。祖父の代なら、まだ生きた証人がいるってことか。

「確かに自然を破壊するのは問題だよね。今、俺達もやってるけど……その辺の対策はどうしよう？」

「その辺りは心配せんでもいい。森を見てきたが、長年にわたり放置されすぎじゃ。あれでは逆に木々の成長を阻《はば》んでおる」

「あっ、そういえば木は伸びすぎたら刈った方がいいって聞いたことあるね。じゃあ、俺達がやる分くらいは平気かな？」

「うむ、そのはずじゃ。あとはきちんと苗木を植えることじゃな。この先、百年後の子孫達のために」

「うん、分かった。それじゃ、その手配もやっておこうか」

するると、ガルフさんが渋い顔をする。

「どうかしました？」

「いや、お主は変わった人族じゃな。よそ者のワシの話をしっかり聞くし、下の者達にも優しい。何より、自然に対する未来の話をすんなり受け入れておる」

「もうガルフさんは、友達だからよそ者じゃないよ。それに、俺は普通だし……まあ、自然に関することは変かもね」

「……友達か！　くははっ！　そいつはいい！　では、友のために風呂を作ってくるとしよう。ラガーの熟成期間はすることが少ないからのう」

そう言い、ご機嫌で部屋から出て行くガルフさん。

そして、クオンが口を開いた。

「主人殿は、本当に不思議な方ですね」

「そうかな？」

「あの気難しいと言われるドワーフと、あっという間に仲よくなってしまいましたし。あの自然に対する考え方がよかったのかもしれませんね」

「……まあ、それならそれでよかったかな」

環境問題については自分の手柄ではないので、少し気まずかったり。

なぜなら……前世でもそういう自然破壊問題があり、その問題は、当時の俺達世代に直撃をしていて、考えるところがあったからだ。

俺は自由なスローライフを送りたいと思っているが、もしそれで悪影響が出た時に、その負の遺産をこの先に生きる人達に押しつけるのは違うよね。

◇◆◇

その翌日、新たなお客さんがやってきたのを、俺はたまたま一緒だったアスナと出迎えていた。

待望のドワーフ族の応援だ。

新規で十五名来たので、これで合計二十名のドワーフ族が来た。

これで、少しは作業が捗《はかど》っていくだろう。

ただ、驚いたのは……女性のドワーフが五人もいたことだ。

中学生ぐらいの背丈の女性が、ガルフさんを大声で叱っていた。

「ガルフ！　アンタしっかりやってんのかい！　迷惑かけてないでしょうね⁉」

「ひぃ⁉　や、やっとるわい！　なっ⁉　クレスよ⁉」

ガルフさんは聞かれて、俺は戸惑いつつ答える。

「え、ええ、彼のおかげで我々は助かってますよ」

「ほら見ろ！　ワシは仕事ができる男じゃ！」

「ほんとですか？　それならいいんですけど……あっ、申し遅れました。私はこれの幼馴染で、ミルラと申します。連れてきた女性五人のまとめ役なので、何かありましたら私にお知らせください」

あのガルフさんがタジタジである。

というか、見た目と口調のギャップがありすぎる。

一見子供のようだが、口調は肝《きも》っ玉《たま》母さんだ。

容姿も人族に近く、頭からツノが一本生えているだけだ。

そのツノが、ドワーフ族女性の証《あかし》らしい。

「ご、ご丁寧にありがとうございます。俺はクレス・シュバルツ、この都市で領主を務めている者です。以後、よろしくお願いします」

「まあ！　手紙に書いてあった通り、腰の低い方なのね！　うんうん、ここでならいい仕事ができ

「そう……アンタ！　しっかりやんなさい！」

ミルラさんは言い終えると、ガルフさんの背中を叩く。

「いたっ⁉　何すんじゃい！」

背中を叩かれて、ガルフさんが悶《もだ》えている。

何か、その姿に既視感を覚える。

ふと、隣にいるアスナに目が行く。

そうか……俺の姿か。

「ふーん。ドワーフの女性って、随分とパワフルなのね」

「そ、そうだね！　うんうん、大変そうだ……はは」

「ちょっと？　何か実感が込もった言い方ね？」

「ううん！　気のせい気のせい！　だからジリジリ近寄ってこないでぇぇー！」

語気を強めるアスナから、俺は距離を取る。

「なんで逃げるのよ⁉」

「追ってくるからだよ〜！」

追っかけてくるアスナから、必死に逃げ回る……が、当然すぐに捕まり、あーだこーだ言われる羽目になった。

その後、俺はガルフさんと二人でヒソヒソ話をする。

「クレスよ、お主も苦労しとるんじゃな。凶暴な幼馴染を持つと、いろいろと大変じゃわい」

「いえいえ、ガルフさんこそ……心中をお察しします。小さい頃から知ってると、頭が上がんないですよね。こう、一度刷り込まれたものっていうか……」

「うむうむ、その通り。もう力では負けないことは分かっとるんじゃが……どうにも勝てる気がせん」

「『何をコソコソ話してるのかしら？』」

「『いえ！　何も！』」

二人に同じことを聞かれ、二人で同じ返事をした。

その後、再びあーだこーだ言われるのだが……同じ苦労を分かち合う者として俺とガルフさんの絆は深まったとさ。

◆　◆　◆

まったく、相変わらずなんだから。

こっちに来てからも、クレスはのらりくらりしているわ。

確かに魔法は使えるみたいだし、グータラはしてないけど……

根っこの部分は変わってないみたい。

「アスナお姉様、だめですよ?」

「な、何が?」

「クレス様に対してですの。せっかく、お父様の反対を押し切って来たんですから、もう少し素直にならないとダメですの」

「わ、分かってるわよ」

今回、こちらに来ることで揉めに揉めた。

最終的にはレナがお父様を説得してくれた……お父様は泣きそうになってたけど。

あとは、王の従弟であるオルランドさんの力が大きかった。

自分が行くつもりだったから、代わりに行ってくれと言われた。

「いいえ、分かっておりませんの。戦いに出るのもお役に立つのでいいですが、クレス様との時間を作らないと。クオンさんっていう、強力なライバルがいるのですから」

「で、でも、どうしたらいいの? 私、あいつに怖がられてるし……」

「それはお姉様がすぐに怒るからですの。もっとおしとやかにしたり……お料理とか裁縫《さいほう》とか」

「うっ……私の一番苦手なことね。お母様からも、散々言われてきたけど」

私は幼い頃から、女の子がするようなことが苦手だった。

辛うじてダンスはできたけど、ダンスは女の子に限ったものでもないし、それ以外はからっきし。

それよりも剣とか体術、乗馬とかのが楽しかった。

クレスを引っ張って、よく遊んでたっけ。

「今のは極論ですの。お姉様には、お姉様のよさがありますから。要は、クレス様に女の子として意識してもらえばいいのです」

「……そ、そういえばね、森に探索に行った時に水浴びをして……クレスが私のことを見てたの……たぶん、そういう意味で。も、もしかしたら、私の気のせいかもしれないけど」

「まあ！　まあまあ！　そんな楽しそうなイベントがありましたの⁉　むぅ……私も無理を言って行けばよかったです」

「それは流石に無理よ。お父様に、レナを危険な目に遭わせないってことだけは約束させられたし。それこそ、オルランド様とかいれば話は別だけど」

最強の騎士でもあるオルランド様が護衛につくといえば、お父様も反対はできないだろう。

まあ、忙しい彼が来られるとは思わないけど……クレスのことを可愛がってたから分からないわね。

「はい、それは守るつもりですの。なるほど、クレス様はお姉様の体でも意識すると……」

「レナ……言い方に何か含みを感じるんだけど？」

「い、いえいえ！　お姉様の体は綺麗ですの！」

「むぅ……どうせ、レナと大して変わらないわよ」

これでも、だいぶマシになったんだけど……いろいろと鍛錬もしてるし。

ただ、どう頑張ってもクオンみたいにはなれない。

「はは……でも、それなら色じかけですの」

「い、色じかけ⁉　む、む、無理よっ！」

「そんなことありません、簡単ですわ。そうですわね……そういえば、ドワーフの方がお風呂を作ってくれるとか。もしかしたら、その時がチャンスかもしれないです」

「お風呂……一緒に入るのは嫌よ？」

「それは当然ですの。責任を取ってもらうという手もありますが……もっとシンプルにいきましょう」

そしてレナと打ち合わせをして、お風呂ができたら決行することに。

……が、頑張らないと！

◇　◆　◇

いよいよ、ドワーフさんがお風呂を本格的に作り始めた。

数日後、俺は視察を兼ねて、その様子を確認しに行く。

ちなみに設置場所は、周りに出店などを出したいので、街の中央の噴水広場に近い場所の空き地にした。

「おおー、進んでるね！」

「ええ、そうですね。建物の外側だけですが、流石はドワーフ族といったところかと」

俺の拙《つたな》いイメージだけで、ガルフさんが設計図を書いてくれた。

もちろん、イメージは日本の温泉だ。平屋で、敷地面積が広いタイプ。

ちなみに中に入る前から、男湯と女湯で分かれている。

「むっ、クレスか。流石に、まだできてはおらんぞ？」

「はは、それくらいは分かりますって。むしろ、早くてびっくりしてるくらいですよ」

「ワシらドワーフにかかれば、こんなもんじゃわい」

ガルフさんが胸を張ると、ミルラさんが口を開いた。

「何を偉そうに。街の皆さんが手伝ってくれてるからでしょ？」

「わ、分かっとるわい！　いちいち、うるさい女だ」

ミルラさんが、ガルフさんの頭をはたいた。相変わらず、尻に敷かれているみたいだ。

「こんにちは、ミルラさん」

「領主様、こんにちは。すみませんね、気難しい人で」

「いえいえ、楽しいですよ。それより、女性陣は生活で何か困ったことはありませんか？　暑さとか、お仕事とか」

どうやら、ドワーフ族の男性と女性では担当する仕事が違うらしい。

男性は主に鍛冶や工事、女性は織物や雑貨などを作ることに特化してるとか。

まあ、人族でも力仕事は男がやることが多いし、そういうものかもしれない。

俺の問いかけに、ミルラさんは少し考えてから答える。

「困ったことですか……私達は元々暑さにも強いですし、領主様の氷があるので生活面は問題なさそうです。食事があり、衛生面もしっかりしてるので、悪くないと思ってます。何より、我々に対する偏見やいじめがないのがいいですね」

「とりあえず、何かあったら言ってください。俺ができる限り力になるので」

「ふふ、ありがとうございます。ガルフ、いい領主さんね？」

「……ああ、それには同意だ。獣人や我々を見る目に偏見がない。まあ、側近に獣人を置いてる時点で分かっているが……まるで愛人のようだな」

ガルフさんの言葉に俺は首を傾げたあと、意味を理解してクオンと二人で急いで否定する。

「……愛人？　あっ、クオンですか!?　違いますからね!?」

「そ、そ、そうです！　私と主人殿はそういうアレでは……！」

そうか！　そういう目で見られる場合があるのか！

俺にとっては普通でも、知らない人からしたら普通じゃない。

あと……俺とクオンが、昔みたいに子供じゃないのも要因かも。

「もちろん違うことは分かっておる。しかし、そう見る者もいるということじゃ。少し付き合えば、違うと分かるがのう」

「……そうなんですね」

クオンがなぜか残念そうな声を上げた。

それをミルラさんが宥める。

「まあまあ、そこまで気にすることはないですよ。あっ、話は変わりますがプールというものを作るとか？」

「え、ええ、それもガルフさんに頼んであります」

「それでしたら水着も必要になってきますね」

「やはりあるのですか!?」

「はい、私達の国は海に面していますので。そこで漁をしたり、遊んだりします」

「おぉー！　それを売っていただくことは!?」

「お世話になっているので、こちらでお作りします」

「そんな、悪いですよ！」

俺のお小遣いを全部使ってもいいくらいだ！　健全な男の子の夢、それは女の子の水着！

ガルフさんが悪い笑みを浮かべながら口を開いた。

「クレスよ、それならうまい飯を用意するといい。ドワーフ族の女は肉料理に目がない」

「ちょっと？　……まあ、否定はできないわ。確かに、美味しいお肉は好きです」

「わっかりました！　それなら、明日にでも狩りに行ってきます！　たぶん、往復で三日くらいかかりますけど」

ちょうどいいタイミングだ。

俺もストレス発散になるし、森の現状も知っておきたい。

「ありがとうございます。それくらい待つのは平気ですよ」

「よし！　クオン！　屋敷に戻って会議だ！」

「……………」

「クオン？　どうかしたの？」

「い、いえ！　なんでもないです……なんの話ですか？」

「明日にでも森に行こうって話。とにかく、一度戻ろう」


俺はクオンの手を引き、屋敷への道を歩いていく。

するとクオンが、ぎゅっと手を握り返してきた。

「あっ、ごめん、繋いだままだったね」

「い、いえ、このままで……昔を思い出しますね。救っていただいた頃、こうして主人殿のあとをついて回っていました」

「そういや、そうだったね。今とは逆で、俺がいないとクオンが困っていたっけ」

「ふふ、そうですよ」

「いやぁー、懐かしいや。あの頃は、俺も一人ぼっちだったし」

救出されたばかりのクオンは、部屋の端っこで蹲《うずくま》っていたのをよく覚えている。

そして、助けた時にいた俺から離れなかった。

幼馴染のアークとアスナが自領に帰ることもあったが、その際は一人で寂しかったから、クオンの存在は助かっていた。

「もう、主人殿の側にはたくさんの人がいますね……私は邪魔ではないですか？」

「……急にどうしたの？　クオンは邪魔なんかじゃないよ。クオンのことをそんな風に邪魔者扱いする奴がいたら、俺がきちんと違うって否定するから」

「主人殿……」

「その、あれだよ……クオンには側にいてほしいし」

「……ふふ、分かりました。それでは、お供しましょう」

「そうそう、勝手にいなくなったら承知しないから」

俺はクオンが逃げないように、強く手を握り返す。

俺達はそのまま、屋敷まで歩いていくのだった。

◇　◆　◇

翌日の朝、早速行動を開始する。

メンバーは前回と同じで、メインはクオン、俺、アーク、アスナ、タイガさん。

あと、荷物運びや運搬をするために、獣人達に台車を引いてついてきてもらう。

「それじゃ、行こうか」

俺が声をかけると、クオン、アスナ、アークの三人が返事をしてくれる。

「ええ、私も久々に腕が鳴ります」

「クオンはクレスの仕事を手伝っていたものね」

「んじゃ、久々に四人で遠足しますか」

「そんなお気楽な……まあ、それくらいの方がいいか」

そして、タイガさんの頼もしい声がする。

「運搬や警戒役は俺達に任せるといい」

「うん、タイガさん達を頼りにしてます」

その後、街を出て森に到着する。

もう要領は分かっているので、特に相談もせずに森の中に入って行く。

「アークやアスナは探索に出てたよね？　最近はどんな感じ？」

「だいぶ、低級の魔物は減った感じだな」

「そうね。探索中だけど、伐採も順調に進んでいるわ。襲われる回数は、明らかに減ったし」

「ふむふむ、それなら問題はなさそうだね」

俺が森に行っていない間に森の開拓はやってもらっていたので、スイスイと進んで行く。

そして前より早く、以前オニブタを狩った付近までやってくる。

「おっ、お昼食べる前にここまで来れたね」

「ええ、以前の倍以上早いかと。どこまで行きますか？」

クオンの疑問に、俺は軽く答える。

「今回は、結構奥まで行くつもりだよ。ひとまず、お昼にしようか」

全員が頷いたので、昼食を食べることとする。

具がオニブタの肉と野菜のサンドイッチだ。

甘辛の味つけで、体力がつきそう。

「うん、美味い……が、卵のサンドイッチとか食べたいな」

俺がそう言うと、クオンが反応する。

「卵は貴重品ですからね。暑さでダメになりやすいですし、値段も高いですから」

「王都でも結構珍しいよなー。そもそも、手に入れる難易度が高い」

「卵を守っている親がいるから、まずはそっちを倒さないといけないわね」

アークとアスナの言う通り、卵は貴重品だ。

前の世界にいた鶏のような便利な家畜はいないし。

手に入れるなら、鳥の巣を見つけ出して獲るしかない。

「やっぱり、そうだよねー。乳と卵があれば、もっと美味しいモノが作れるんだけど」

「馬の乳ではいけないのですか？」

クオンが聞いてくる。

「いや、馬でもいいんだけど……できれば、モウルだといいかな」

「しかし、彼らは絶滅危惧種ですから。暑くなるにつれて、その数を減らしていったと。今では、見つけるのも大変みたいですね」

そういえば暑さが厳しくなるにつれて、毎年何万頭のモウルが死んだとか王城でも騒ぎになっていたな。

「見つけさえすれば、俺の氷魔法でどうにかできそうな気はするけど」

「確かに主人殿が飼えば、問題はなさそうですね」

「この森にいるかな？」

「人の手が入っていないので可能性はあるかと」

なるほど、この世界では森に生息する牛もいるのか。

「それじゃ、肉と卵と牛乳を目的として探索しますか。アークもアスナもそれでいい？　そしたら、美味しいモノが作れるから」

「ああ、俺としては文句はない」

「私もよ。その美味しいやつに興味あるし」


その後、タイガさんにも許可を取り……食事を済ませて行動を再開する。

そして道中で川を発見したり、果実や山菜を採ったりしていく。

そんな中、時折現れる魔物を倒していると……日が暮れてくる。

「あちゃー、今日は成果なしかぁ。でも、魚は取れたからいっか」

「そうですね。ひとまず、夕飯は食べられそうです」

安心したように言うクオンに、俺は気になったことを聞いてみる。

「ただ、魔物の数が少ないよね？　魔獣とかもいないし」

「何か強い生き物でもいるのかも……待ってください。主人殿、この奥に何かがいます。強い警戒心と、威圧感を覚えます」

「えっ？　ほんと？　みんな、一回止まろう」

一回止まって、少し様子を見る。

しかし、俺には全然分からない。

「タイガさんは？」

「俺も微弱だが敵意を感じる」

「二人が言うなら信用できそうだね」

「っ!?　皆、散れ！　主人殿！　失礼します！」

「うひゃ!?」

クオンに抱かれ、俺はその場を離れさせられる。

すると、一瞬遅れで……さっきまで俺のいた場所に青い液体がかけられ、地面が溶けていた。

周りを見ると、みんな無事に避けている。

「な、なに!?」

「攻撃です！　こうなると隠れてる意味はありません！　このまま行きます！」

「わ、分かった！　アークとアスナ、ついてきて！　獣人さんはタイガさんを中心に、ここで荷物を守りながら待機！」

それぞれが頷き、すぐに行動を開始する。

俺はクオンに抱えられたまま、青い液体を避けていく。

数が多く、ひとまず木の陰に避難する。

「これ……毒？」

「ええ、それに近いかと。くらったらまずいですね。早いところ、近づかないと。これが飛んでくる限り、なかなか進めませんね」

「クレス！　私が先に行くわ！」

アスナはそう言って進む姿勢を見せる。

「えっ⁉　あ、危ないよ⁉」

「いえ、ここはアスナ様に任せた方がいいかと。私は主人殿を抱えてますし、アスナ様の速さは私に匹敵します」

「……わ、分かった！　気をつけて！」

「ふふ、任せなさい！　早く来ないと倒しちゃうからね！」

そう言い、木の陰から飛び出していくアスナ。

敵の狙いはそっちに向かったようで、毒液が俺達の方に来なくなった。

アスナはジグザグに動いて、毒液を華麗《かれい》にかわしていく。

「流石ですね。それでは、私達は慎重に行きましょう」

「ああ、そうだな。……この毒液、まさかあいつじゃないだろうな……」

近づいてきたアークと共に、俺達は森の中を慎重に進み出した。

アスナが敵を引きつけている間に、木の陰に隠れながら移動する。

そして、数分後……敵の姿が見えてきた。

それは一見、デカい鶏だった。

体長三メートルを超える太った黒い体。そして、その鶏には蛇の尻尾が生えていた。

「あれは……コカトリスですか。厄介な魔獣が出ましたか」

「コカトリス？」

「始めて出会いましたが、討伐可能な冒険者ランクで言えばB級に値《あたい》する魔獣です。冒険者の方に聞いたのは、その尻尾の蛇は口から毒を吐くこと。それを切れば、毒は出ないとか。あとは強靭な爪と、火のブレスに気をつけて、ということだったかと。そして、蛇と鶏の頭は別になっており、同時に切らないと面倒になると」

「なるほど……面倒とは？」

「簡単に言えば暴れ回るそうですね」

「じゃあ、同時に攻撃した方がいいってことか」

さて、まずは敵に近づかないといけない。なら、火のブレスは俺が対処すればいいかな。

「ふんふん、なるほど……ていうか、鶏なら卵を持ってないかな？」

「もしかしたら、近くにあるかもしれないですね。元々気性の荒い魔獣ですが、こうも暴れてるのは変ですし」

「これは倒した方がいい魔獣？」

「ええ、そうです。草木を腐らせ、周辺の果物や野菜をだめにしますし。魔獣なんかも住み着かなくなってしまいます」

「じゃあ、倒す一択だね。アーク、ずっと黙ってるけど平気？」

近くの木に隠れているアークを見ると……震えていた。

小刻みに震え、今にもその手から槍が落ちそうだ。

「も、もしかして毒が⁉」

「ち、違う……俺は蛇が苦手なんだ。以前、噛まれたことがあってな……それ以来、見ると体が震えちまう」

「……ほっ、それならよかった。ただ、動けない感じ？」

「あのうねうねした感じがだめだ……くそっ、嫌な予感が的中したぜ」

吐き捨てるように言うアークに、アスナが反応する。

「じゃあ、アークはなしでやりますか。クオン、それでいい？」

「はい、大丈夫です。では、我々もいきましょう」

「すまん！　俺は引き寄せられた雑魚共を始末してくる！」

クオンを先頭にして、俺があとに続く。

すると、アスナが俺達に気づいた。

同時にコカトリスも気づき、俺達を警戒して、一度立ち止まる。

その間に、アスナの横に立つ。

「遅いわよ！　……アークは……あぁ、あれだったわね」

「ごめんごめん。うん、アークはだめみたい。アスナは知ってたんだ？」

「いや、イタズラで私が蛇を捕まえて追っかけたことがあって……それもあるみたい」

「はは……それは仕方ないね」

その姿がありありと浮かんでくる。

きっと、叫びながら逃げていただろう。

「もちろん、きちんと謝ったわよ？　それで、作戦はどうするの？」

俺はアスナの質問に答える。

「両方の頭を同時に斬るよ。それで、尻尾はクオンに任せる」

俺の作戦を聞いて、アスナは頷いた。

「そうね。尻尾の方が太いし、私の一撃で斬れる保証はないわ」

「そのために俺とアスナで敵を引きつけるよ。クオン、先に行って」

「ええ、お二人もお気をつけて」

クオンが動き出すと、それに合わせてコカトリスがゆっくりと動き出す。

「それで、どうするの？」

「毒や火のブレスは俺に任せて。アスナは攻撃をしかけて、相手の意識をこちらに向けてくれるかな？」

「分かったわ！　さあ、いくわよ！」

「クカー！」

アスナが動くと、コカトリスの口から火が吐き出される。

クオンの方には蛇が回り、毒を吐き出していた。

早いところ、動きを止めたいね。

「させないよ！　〈アクアバレット〉！」

「コケッ!?」

「続いて〈フリーズランサー〉！」

水の魔法で炎を相殺し、氷の槍で相手を動かす。

その隙にアスナがコカトリスに接近する。

「クレス、よくやったわ！　セァ！」

「クカッ！」

「甘いわっ！」

前足の両爪と、アスナの双剣が交わる。

迫り来る両前足の爪を、双剣で華麗に受け流している。

本来、アスナの剣は守りの剣とか言ってたっけ。

その性格には似ても似つかないけど、才能と性格は別ってことかも。

「クケェエエ！」

「火が来るわ！」

「させない！　〈アクアバレット〉！」

アスナに向けた火の玉を、俺は発射直前に相殺する！

こいつ、攻撃しながらでも火を吐けるのか。

しかも、尻尾は相変わらずクオンを追っかけ回しているし。

あれを止めるには、威力のある魔法を使わないと。

「クレス！　流石に保たないわ！　今のうちに！」

「うん、分かってる。水の圧力よ、敵を押し潰せ！　〈アクアプレッシャー〉！」

「ゴガガッ!?」

コカトリスの上空から、直径二メートルくらいの水の塊が落下する。

それにより、コカトリスの動きが一瞬止まる。

そして、二人には……その一瞬があればいい。

「クオン！」

「ええっ！」

「「ハァァァア！」」

「クケェエエエ!?」

クオンの大剣が蛇の尻尾を、アスナの双剣がコカトリスの喉元を斬り裂く。

それにより、コカトリスが地に伏せる。

そして……ビクビクしたあと、動かなくなった。

「クオン！　さすがねっ！」

「ええ、アスナ様こそ。ですが、これも主人殿のおかげです」

「ふふ、それもそうね。なかなかいいタイミングだったわよ？」

「ほんと？　それならよかった。戦闘に関しては素人だから、邪魔だけはしないようにって思ったんだけど」

「いえいえ、これ以上ないタイミングでしたよ」

「そうね。何より、あの威力は心強いわ」

二人がハイタッチをしている。

……あんまり、褒められ慣れてないので、どうしていいのか分からない。

俺は頭をぽりぽりと掻き、照れを誤魔化すのだった。


無事にコカトリスを倒したあと、みんなと合流する。

そして、コカトリス処理組と探索組に分かれて行動し、日が暮れかけた頃……

探索組のクオンが、俺が欲しかったものを発見した。

それは、バスケットボールサイズの大きな卵だった。

「主人殿、よかったですね」

「おおっ！　愛しの卵ちゃん！　クオン、ありがとう！」

「いえいえ。あの様子でしたから、もしかしたらと思い探しましたが……木の上にあったとは想定外でしたね。前に聞いた話では、地面にあると聞いていたので」

クオンはその身のこなしを活かし、木に登って卵を発見してくれたのだった。

「そうなんだ？　じゃあ、クオンがいてよかったね。俺達人族じゃ、この辺りの木には登れないし」

なにせ、高さは軽く十メートルほどだ。

それにバランス感覚やジャンプ力もないと、上まで行けないし。

そうなると、この卵はかなりレアってことだ。

「お役に立てて何よりです。そちらもある程度終わったようですね？」

「うん、血抜きとか内臓処理はできたよ。中には俺の氷を仕込んだから、そう簡単には傷《いた》まないし」

「ですが、大きさが問題ですね。どうやって持って帰るのですか？」

クオンがそう聞いてきたため、俺は得意気に答える。

「ふふふ、それについては考えがあるのです！」

「はぁ、また規格外なことをするのですね」

「いやいや、そんなことないよ」

そして持ってきた台車に、コカトリスをどうにか詰める。

その周りには少しでもいい状態を長持ちさせるため氷を敷き詰める。

「さて、こっからだね。〈アイスロード〉」

「こ、これは……私達が来た方向に氷の溝が」

「ここに車輪を載っければ、移動しやすいと思うんだ。タイガさん、試してくれる？」

「うむ、やってみよう……これはいい、楽に進む」

「じゃあ、このまま行こうか」

すると、アークとアスナがぽかんとしていた。

「どうしたの？」

「どうしたもこうも……この氷、どこまで続いてるんだ？」

「たぶん、森の出口まで出たけど……」

「はぁ、呆れたわ。アンタ、どんな魔力量してるのよ」

「ほら、やはり規格外のことをなさるではありませんか」

三人に呆れた視線を向けられる。

……どうやら、何かやってしまったらしい。

◇　◆　◇

その後、俺達は途中で野宿を挟み、次の日の朝早くから動き出す。

氷のおかげですいすい進み、順調に進んで行く。

ついでに、氷の結晶を俺達の周りの空中にいくつか浮かべた。

近くにいると涼しいので、快適そのものである。

魔力をかなり使うので、行きには使わなかったけどね。

そんな中、クオンの耳がピクピク動いた。

「主人殿、何かが後ろから近づいてきます」

「えっ？　魔物？　魔獣？」

「少なくとも魔物ではないです。なぜなら、相手から敵意を感じないので」

「ということは、無害な魔獣とか？」

「その可能性が高いです。このまま、大人しく過ぎ去りましょう」

みんなも頷き、警戒を解いて進み出す。

「……変ですね、ずっと追ってきます」

「そうなの？　相変わらず敵意はない？」

「ええ、そうですね。どうしますか？」

「倒したところで、流石に荷物はいっぱいだしなぁ。タイガさん、少し休憩をしますので荷物を見ててください。ちょっと、クオン達と見てきます」

「うむ、分かった」

その場を獣人達に任せ、クオンやアスナ、アークと一緒に森の中を進む。

そして、とある生き物を発見する。

それは……俺の念願の魔獣だった。

その魔獣は、草を食べながらのんびり過ごしている。

体長二メートルくらいに黒い巨体、頭には立派なツノが二本生えている。

イメージ的には、地球にいたバッファローに近い。

「モゥ……」

「……モウルだ」

俺が思わず呟くと、クオンが頷いた。

「ええ、そうですね。主人殿が求めていたものかと」

「あれがそうなの？　王都では見ないし、私も初めて見たわ」

「絶滅危惧種《ぜつめつきぐしゅ》だしな。この大陸が暑くなってきてから、その数を減らしている」

アスナとアークも、まさかの事態に驚いているようだ。

……ど、どうしよう？　いきなりだ。

卵があって、これで牛乳が手に入れば……アイスが作れる。

「それにしても大人しいね？　俺達に気づいてるはずだけど。しかも、子連れだし」

「確かに気性が荒いと聞いてましたが……子供もいるのに穏やかですね。生き物を見れば、見境なく突進してくると聞いていたのですが」

クオンが首を傾げていると、アスナとアークが口を開いた。

「というか、こっちを気にしてない感じね」

「俺達に敵意がないことを分かってんじゃね？　そもそも出会う者も減ってるし、それが本当かどうかも分からん」

「ふむふむ、その可能性もあるか」

そうこう話している間にも、モウル達親子は、のんびりと草を食べている。

すると、小さい方が俺の方にトコトコと寄ってきた。

体長は一メートルくらいの可愛い仔牛《こうし》だ。

「モゥー」

「ちょっ？　くすぐったいんだけど？」

何やら手を舐められている。

その様子は、とてもリラックスしているように見えた。

……あぁ、そういうことか。

「俺が氷を出しているからか」

「なるほど……暑さに弱いと言われているモウルですから、主人殿の氷によって大人しくなってる可能性はありますね」

「じゃあ、クレスの氷魔法に惹かれてきたんじゃない？」

「おっ、説明がつくな。だから、追ってくるんだよ」

「ふむふむ……それっぽいね。よし、試しに森の外までついてくるか試してみよう」

その後、タイガさん達にこちらに来てもらい、モウルを誘導するように道に氷を撒《ま》いていく。

するとと、大人しくそのままついてきて……なんと、森から出てしまった。

「モゥ」

「ついてきちゃったよ」

「どうします？」

クオンが聞いてくるが、答えは決まっている。

「そりゃ……このまま領地まで連れてくよ。そしたら、牛乳が手に入るし」

いきなりで驚いたけど、これで牛乳と卵が手に入った。

ふふふ、これでいろいろと作れるぞー！

◇　◆　◇

そして、日が暮れる前に街に帰還する。

魔物が減っていたのと、道を分かっていたのとで、前回より早く帰ってくることができた。

これを続けていけば、もっと探索がしやすくなるだろう。

「つぁー！　疲れた！　でも無事に着いた！　……そして本当に連れて帰ってきちゃったよ」

「モゥー」

「結局、主人殿の側を離れませんでしたね」

「やっぱり、涼しいからじゃない？」

「うん、そういうことだと思う。とりあえず、馬小屋に入れるかな」

あそこには、馬のために常時氷を置いている。

コカトリスをタイガさん達に、マイルさんへの報告をアスナ達に任せ、クオンと一緒に馬小屋に向かう。

すると、そこにドワーフのガルフさんがいた。

「おっ、帰ってきおったか……モウル⁉」

「モゥー」

「驚かせてごめん、ガルフさん。実は、ついてきちゃって。どうやら、俺の氷魔法に惹かれたみたい。見ての通り、めちゃくちゃ大人しいから、近づいても平気だと思う」

「いや……よくよく考えれば当然か。暑さによって激減したモウルは、元々は穏やかな魔獣だと聞いたことがある。ワシも曽祖父《そうそふ》から聞いただけで忘れておった」

「やっぱり、そうだったんだ」

温暖化の影響を受けて、暑さに弱いモウルは激減した。

でも、それだけじゃない。

誰だって暑ければ機嫌は悪くなる。そして暴れ回るモウルは討伐されてきたのかも。

「それで、そいつを馬小屋に？」

「うん、ダメかな？」

「いや、どちらも大人しいから平気じゃ。ただ、ちょうど新しい小屋を作ったところじゃ。なので、こっちの部屋に入れるといい」

そしてガルフさんが作ってくれた新しい小屋に、モウルを氷魔法を使って誘導する。

そのまま親子揃って大人しく入り……桶《おけ》に入った水を飲み始める。

安心したのか、子供の方が……母モウルから乳を飲み始めた。

「おおっ！　これだ！　俺が求めていたものは！」

「ふむ、乳の出が悪いな。ただ、これならすぐによくなる」

「今は採っても平気かな？　俺、乳搾《ちちしぼ》りがしたいんだけど……今は平気かな？」

「その辺りは獣人の方が詳しいじゃろう。獣人は魔獣の機微に敏感な種族だ」

「クオン、分かる？」

「ええ、平気ですね。敵意や警戒心がまるでないです。おそらく、主人殿がやれば平気かと。無論、私が補佐します」

「んじゃ、やりますか」

俺がそう言うと、ガルフさんが使っていないバケツをすぐに持ってきてくれた。

俺はクオンの補佐のもと、子供が吸ってない箇所をお借りして乳搾りを始める。

幸い、子供も親も俺に気にすることなく、それぞれ水と乳を飲み続けていた。

「よし、今のうちに……やったことないや」

「かははっ！　王族じゃから当然だわな！　ワシらみたいな種族は別として、人族の王族はしないじゃろう」

「まあ、普通はしないね。もしかしたら、俺が乳搾りをした初の王族かもしれない」

「主人殿は変わり者ですから。乳房の上の部分から優しく握って、徐々に下へ押すイメージです」

「上の部分から優しく握って……出てきたっ」

「ええ、その調子ですね」

置いたバケツの中から、牛乳のよく知った香りがする。

そのまま作業を続け……バケツ一杯分になった。

「今日はそれくらいにしときましょう。もっと健康になれば、量も増えますから」

クオンの言葉に、俺は頷く。

「うん、そうだね。あとは数を増やすために雄を探しに行かないとだ」

「子供がいる以上、雄もいるはずですから。捜索隊を派遣して、探させましょう」

「そうしないと仔牛が成長したら乳も出なくなっちゃうし。さて、こっからどうするんだっけ？」

「一度、火で熱して消毒する必要があります」

「それじゃ、厨房に行くとしますか」

そして、ガルフさんにお礼を言って去る。


バケツを持ってひとまず屋敷に帰って厨房に入ると、そこにはすでに解体を終えたコカトリスがあった。

そして、レナちゃんもいる。

「クレス様！　お帰りなさいませ！」

「レナちゃん、ただいま。早速、作業してるの？」

「はいですの！　クレス様が何か作ると聞いていたので、野菜を切ったりしてましたわ」

「おお～偉い偉い」

「えへへ、褒められちゃいました」

うんうん、レナちゃんは可愛いなぁ。

思わず頭を撫でてしまうわー。

「主人殿、顔が怪しいです」

「そ、そんなことないし！」

「……私だって、たまには褒められたいし撫でられたいのですが」

「ん？　なんて言ったの？」

「なんでもないです」

クオンはそう言い、不満そうにして部屋の外に行ってしまう。

あれ？　なんでだろ？

しかも、レナちゃんが呆れた顔してるし。

「もう、クレス様」

「は、はい？」

「私も撫でられるのは嬉しいですけど、もっとクオンさんを労ってあげないといけませんわ」

「……俺、労ってない？　結構、お礼とかしてるし、言ってるつもりなんだけど」

「そういうアレではなくて、もっと褒めてほしいんです」

「褒める……なるほど」

「これでは、お姉様もクオンさんも苦労しますの」

そして十二歳の女の子に、あれこれ説教されるクレス君なのでした。

……女の子って難しいや。

それからレナちゃんの説教？　もひとまず終わり、料理を始める。

毒を吐くのは尻尾の部分だけなので、鶏の部分には問題ないとか。

なので、普通の鶏肉と同じように扱っていいってことだ。

「何を作るんですの？」

「そりゃ、定番の親子丼しかないでしょ」

「オヤコドンですか？」

聞き慣れない言葉に困惑するレナちゃん。

「うーんと、鶏の体と卵からできるから、親子丼って言うんだ」

「初耳ですの」

そりゃ、そうだろうね。俺もこっちの世界では食べたことないし。

「ふふふ、美味しいのでお楽しみに」

「はいですの！」

「では、忙しくなるぞー」

「わたしは何をすればいいですか？」

「レナちゃんには牛乳を殺菌《さっきん》してもらいます。さっき持ってきたやつを鍋に移してね」

「それなら習いましたの！　なんでも、そうするとお腹を壊さないとか」

「そうそう。沸騰《ふっとう》させないように弱火で軽く混ぜながらやるといいよ」

「はいっ！」

そっちをレナちゃんに任せ、俺は親子丼に取り掛かる。

まずは骨を水から煮て、その間に、普通の鶏肉で言えばモモ肉に値する部分をぶつ切りにする。

次に玉ねぎを切る。

サラダに使う野菜は、すでにレナちゃんが用意してるから楽だね。

「クレス様、できましたの！」

「おっ、ありがとう。それじゃあ、氷水で冷やしますか」

でかいボウルに水と氷を入れ、小さいボウルに熱した牛乳を入れる。

小さいボウルをでかいボウルに漬けたら、あとは冷めるまで放置だ。

「クレス様の氷魔法があると便利ですの。お水とかも冷たくて美味しいですし」

「まあ、普通は冷たい飲み物ってないからね……そうだ、味見をしとくか」

「ふふ、牛乳って飲んだことないですの」

「んじゃ、用意しますか」

俺はおたまで牛乳を掬《すく》い、コップに注ぐ。

そして、レナちゃんと頂く。

「では……プハー！　美味い！」

「んー！　濃厚で美味しいですの！」

栄養が足りないので味も落ちていると思ったが、そうでもなかった。

むしろ、凝縮されている感じがする。こってりとして、めちゃくちゃ美味しい。

「これは美味いや」

「……クオンさんに持って行ってはいかがですの？」

「えっ？」

「ずっと頑張ってますから」

「……うん、そうするね。その間、骨のスープの灰汁《あく》取りお願いできる？」

「はいですの！」

やれやれ、歳下の女の子に言われるようじゃダメだなぁ。

俺は牛乳を持ってクオンを探しに行く。

幸い、玄関先ですぐに見つかる。

「あっ、クオン」

「あ、主人殿？　料理を作っていたのでは？」

「うん、そうなんだけど……どうかした？」

何やら慌ててるように見える。

やっぱり、俺のせいかな？

「い、いえ、なんでもないです。それで、どうしたので？」

「いや、クオンに牛乳をあげようって思って……一緒に搾ったしさ」

「……ふふ、ありがとうございます。それでは、庭のベンチに行きましょうか」

そのまま手を引かれ、屋敷の玄関から庭に出る。

そして、ベンチに並んで座った。

「はい、どうぞ」

「ありがとうございます。では、いただきます……コクコク……ほっ、美味しいですね」

「でしょ？　濃厚で美味しいよね」

「お風呂上がりとかに飲みたいですね」

「あっ、それいい！　キンキンに冷やして飲んだら美味いだろうなぁ〜」

お風呂ができたら試してみようっと。

風呂上がりと言えばコーヒー牛乳だけど……

コーヒーは見たことないんだよね。どこかの国にあるかな？

今度、それも調べておかないと。

「主人は、こちらに来てから生き生きしてますね」

「えっ？　……まあ、そうかもね。あちらでは肩が凝って仕方なかったし」

「私も楽しく過ごしています。お役に立てているかは分かりませんが……」

「だから前にも言ったでしょ？　役に立つとか立たないじゃないって。俺はクオンを、そういう扱いで連れてきたんじゃないよ。クオンにも楽しいと思ってほしいし、それを一緒にしたいと思ったから連れてきたんだから」

俺はクオンには助けられてきたし、大事な人だと思っている。

それに奴隷時代から閉じ込められ、その後は俺の世話をしていたから、いろいろな世界を見せたいと思っていた。

すると、クオンが俺の手を強く握った。

「クオン？」

「……それは分かっております！　ですが……私は役に立ちたいのです。あなた様は魔法を使えるようになり、アスナ様やアーク様、レナ様までいます……私がいる意味があるのかと」

「……俺には何がクオンを苦しめているのか正確には分からない。ただ、クオンが役に立ちたいって気持ちは分かった。だったら、これからも役に立ってくれ。まだまだ、やることは山のようにあるからさ」

「はいっ……！　お手伝いさせていただきます！」

……レナちゃんはクオンが不安とか言ってたっけ。

俺は側にいてくれるだけでいいと思ってるけど、クオンは役に立ちたいって気持ちが強いってことかも。

恥ずかしいけど、頑張りますか……俺はクオンの頭を優しく撫でる。

「あ、主人殿⁉」

「よしよし、クオンは頑張ってるよ。いつもありがとね。ここまでついてきてくれたことも、ここに来てからのことも」

「……えへへ、嬉しいです」

すると、花が咲いたように微笑んだ。その姿は、幼い頃のクオンを思い出させる。

そして俺は、クオンの気が済むまで撫で続けるのだった。

……うーん、いつまで撫でればいいのだろう。

いや、耳はふわふわだし気持ちいいんだけどさ。

こう、何というか……アレですよ、変な気分になってくるのです。

「あのー、クオンさん？　そろそろいいですかねー？」

「はっ⁉　わ、私としたことが！　……うぅー」

「いや、別に気にしなくてもいいけどね」

「気にします！　私はカッコいい女性を目指していたのに……」

クオンが我に帰り、恥ずかしそうに俯いた。

……可愛いなぁ。

「十分、カッコいいよ。でも、俺にくらいには甘えてほしい」

「……その、たまに撫でてくれますか？」

「うん、もちろん。というか、撫で回したいくらいだし」

「それはセクハラなのでダメです」

「えぇ!?　ドユコト!?」

「ふふ、どういうことでしょうね……ほら、料理してたのでしょう？　戻らないとでは？」

「あっ！　そうだった！　とりあえず、行ってくる！」

「はい、いってらっしゃいませ。さて、私も行くとしますか」


そして俺が、急いで厨房に戻ると……そこには異様な光景があった。

これ、もし俺が何も知らなかったら通報案件だ。

なんと言っていいのか……犯罪臭がハンパない。

「えへへ、ふわふわですの」

「う、うむ、おい、いい加減に……」

「ダメですの？　その、わたし、獣人の方に触れるの初めてで……もしかして、嫌なことをしてますか？」

「いや、そんなことはないが……」

そこでは小さい女の子に撫でられてる、おっかないお兄さんがいた。

あっ、違った……レナちゃんに体中を触られているタイガさんがいた。

女性型の獣人と違って、男性には獣の要素が強い。

なので、全身がふわふわなのだろう。

「何をしてるのかな？」

「あっ！　クレス様！」

「こ、これは！　違うのだ！　俺は何もしてない！」

「いや、そんなに動揺しなくても」

「し、しとらん！　本当なのだ！」

その言い方だと、逆に怪しくなるし。

無論、何もないのは分かってる。

もしそんなことになったら、タイガさんが……アスナに殺されちゃうよ。

「えっと、わたしが頼んだですの。料理をしてたら、タイガさんが入ってきて……わたしを見て出て行こうとしたので引き止めましたわ。たぶんですけど、お料理を手伝いに来たんですよねって言って」

「ああ、なるほど。そうだね、タイガさんは料理が得意だから」

「それは……そうだ。だが、俺には人族の女……ましてや、公爵令嬢の扱いなど分からん。怖がらせたらいけないと思って出て行こうとしたのだが」

「そういうことね……なぜ、それであんなことに？」

手伝いに来たのは分かるし、とてもありがたい。

そして、タイガさんのレナちゃんへの気遣いも分かる。

しかし、撫で回しているのは分からん。

「そ、それは……この娘が撫でたいというから。俺としては、どっちでも構わんと言ったのだ」

「わ、わたしが無理に言ったのですわ！　獣人の方と触れ合う機会なんかなかったので……だから、責めないであげてくださいませ」

「いや、全然責めてないよ！　むしろずるいよ！　俺だってもふもふしたい！」

レナちゃんに先を越されたァァァ！　やっぱり、美少女の方がいいってか！

ずっともふもふしたかったけど、警戒されるかと思って我慢してたのに！

「……フハハッ！　お主という奴は……面白い人族だ」

「ふふ、クレス様らしいですの」

「どういうこと？　俺は怒っています！」

「分かった分かった。お主も好きに触るがいい」

「ほんと⁉　やったぁ！」

これで、もふもふできるぞ〜。

夢のスローライフに向けて一歩前進だ！

「しかし、お主にはクオンがいるではないか？」

「いや、だって……クオンは女の子だしさ、嫌かなと思って。それに俺が無理強いしたら引いちゃいそうだ」

「ククク、それはどうだろうか？」

「ふふ、ほんとですの」

「と、とにかく、クオンはいいとして……料理はどうなったの？」

俺はわざとらしく話題を変える。

さっきのことを思い出して恥ずかしいし。

それにクオンを触ったら……うん、いろいろとまずい。

「俺の方で灰汁《あく》抜き等はやっておいた。見ての通り、澄んだスープになっている」

「わたしはお米を炊いたり、サラダを作ってましたの。あと、牛乳は完全に冷えましたわ」

「ふんふん、なるほど。そしたら、あとは仕上げに入りますか。二人とも、手伝ってくれる？」

俺のお願いを、タイガさんとレナちゃんはにこやかに快諾してくれた。

「ああ、無論だ」

「はいですの！」

「ありがとう。それじゃ、やっていこー！」

俺は気合を入れ、拳を天に突き出した。

「おー！」

おっ、流石はレナちゃんだ。

こういうノリについてきてくれる。

そんな中、タイガさんが戸惑っていた。

手を上げようとしていたが、下げてしまった。

「ほら、タイガさんもですの！」

「そうそう、こういう時は合わせないと」

「むむっ……お、おー？　はぁ、俺は何をやっているのだ？」

「あははっ！　別にいいじゃないですか」

「えへへ、楽しいですの」

「……ふんっ、よく分からん人族達だ」

いやいや、レナちゃんが来てくれてよかった。

公爵令嬢とは思えないほどいい子だし。

これで獣人と人族の溝が少しでも埋まるといいよね。

というわけで、仲よく三人でお料理タイム！

お送りするのは王子、公爵令嬢、虎の獣人という異色のメンバーです！

「みんな～！　準備はいいかな⁉」

「……こやつは何を言っているのだ？」

「えへへ、クレス様はいつもこんな感じですの」

「なるほど、いつも頭が……うむ」

「自重しないで！　ツッコんでくれないと、ただの頭のおかしい奴になっちゃうから！　……そして、レナちゃんの俺に対する印象って……」

「ち、違うんですの！」

「うんうん、お兄さんは悲しいです」

まあ、いっか。

記憶を取り戻してから、真面目な姿なんて見せたことないし。

気を取り直して、料理を進めていく。

「それで、何をどうするのだ？」

「まずは鍋にコカトリス出汁のスープ、砂糖、みりん、醤油を入れます。それを火にかけて、なるべく沸騰しないように気をつけて」

「沸騰するとダメですの？」

「うん、折角の風味が落ちちゃうし、雑味が入るからね」

「ふんふん、そうなのですね」

本当なら粉末になった出汁とか、白出汁があれば楽だけど。

でも、コカトリスの骨から黄金に透き通ったスープができた。

たぶん、美味しくできるはず。

……というか、鳥出汁でラーメンとかを作るのもありか。

「あっ、そういえば卵って生でもいけるのかな？」

「ふむ、まずは割ってみるといい。我々ならすぐに分かる」

「あっ、そういやそうだったね」

獣人は感覚が敏感で、食べ物が腐っているか、毒が入っているかどうか、確めることができる。

それもあって人族に奴隷として扱われてた部分もあるとか。

ひとまず、大きなボールに卵を割って入れてみる。

すると、ドバーッと大量の白身と黄金色の黄身が溢れ出た。

「おおっ!?　流石の量だね！　これなら、全員分作っても足りるかな」

「はいですの。これがあと、二個ありますから」

「ふむ、どうやら食べても問題ないようだ。それで、俺は何をすればいい？　お主には、他にすることがあるのだろう？」

「うん、そうだね。それじゃあ、これを火にかけて、半熟になったら玉ねぎを入れてください。レナちゃんは、出汁のスープに余った切れ端の野菜とか入れて煮込んでくれる？」

「うむ、了解した」

「はいですの！」

「それじゃあ、お願い」

その隙に、俺は簡単なアイスクリーム作りに入る。

生クリームはまだないし、今回は初めてだから、お試しの意味もある。

鍋に牛乳を入れ、火にかける。

その間に二個目の卵を割り、卵黄部分だけをすくい、それを別のボールに入れる。

あとは適量の砂糖を入れて、泡立て器でひたすらに混ぜるだけだ。

「ウォオオオオオ！　……腕が疲れた！」

「……早すぎじゃないか？」

音《ね》を上げた俺に、呆れたようにタイガさんが話しかけてくる。

「いや、これ大変なんですよ」

「どれ、俺にやらせてみろ。今ちょうど、玉ねぎを入れたところだ」

「すみません、お願いします」

「……………フヌゥ！」

「おおっ！　早い！」

ものすごい勢いでかき混ぜられていく。

そして、あっという間に理想的なもったりとした少し白っぽい状態になる。

「ふぅ、こんなものか？」

「ありがとう！　流石は虎の獣人だね！」

「……これで流石と言われるのは複雑なのだが」

「まあまあ、いいじゃないですか。それじゃあ、続きをやっていきます。温かい牛乳を入れていくので、ゆっくりと混ぜてください」

「分かった」

少し沸々としてきた牛乳を、かき混ぜたボールに少しずつ足していく。

それをゆっくり混ぜるだけで、お手軽アイスクリームの準備は整った。

仕上げにボールを氷水につけて、常温に戻していく。

「よし、あとはこれを冷やすだけだね」

「では、俺は鍋に戻るとしよう」

すると、厨房にアークとアスナがやってくる。

「おっ、いい匂いがするな」

「ほんとね。クレス、マイルさんから伝言があるわ。今日は屋敷の中で食事会をするそうよ。一応、ドワーフ族とかの歓迎も兼ねて」

「えっ？　そんなに人数入るかな？」

俺が聞くと、アスナが答えてくれる。

「だから食堂と、一階にあるパーティーホールを使うって」

「あっ、なるほど。それなら、まだ住民も少ないし入るかな。そしたら、そこに持っていけばいいってことね」

「ああ、運ぶのは俺も手伝うぜ」

アークが頷いてからそう言った。

「というわけで、クレス、できたら呼んでよね」

「じゃあ、もう厨房の外で待っててくれる？　すぐにできるし」

二人が頷き、一度厨房から出る。

そしたら、俺も仕上げに入ることにする。

俺の周りに、料理人達に集まってもらう。

「さて、これから親子丼というものを作ります。これは一個ずつ作らないといけないので、皆さんも覚えてください。やり方さえ知っていれば、俺なんかより上手にできるはずです」

「それでは、わたしが進行を務めますの。まずは、何をすればいいですか？」

「レナちゃん、ありがとね。まずは、玉ねぎが入った出汁を小さいフライパンに少量入れます。それを火にかけたら、ぶつ切りにした鶏モモ肉を入れていきます」

「煮る感じですの？」

「うん、そういう感じかな。このまま、火が通るまで待ちます」

そのまま、二分ほど待ち……ひっくり返す。

再び二分ほど待てば、準備は完了だ。

「火が通ってきたら、溶いた卵をおたま一杯分すくって全体に回すように入れます。これでネギを散らしたら、あとは蓋をして三十秒待ちます」

「クレス様、ご飯ですの」

「おっ、ありがとう。それじゃあ、蓋を開けて……半熟の状態がベストで、これをご飯に盛った丼にスライドさせるように……よっと」

「「おおっー！！」」

「わぁ……！　お上手ですわ！」

「はは、照れますね……さて、これが親子丼です。あとは、皆さんでどんどん作っていきましょう」

料理人達が頷き、一斉に動き出す。

あとは任せておけば問題ない。

スープの方にも溶き卵を入れて、卵スープの完成だ。

「では、俺は配膳に回るとしよう」

「うんタイガさんは、アーク達とお願い」

続いてレナちゃんが口を開く。

「クレス様はどうするのですか？」

「俺は仕上げのアイスクリームを作るよ。とりあえず、常温になったアイスの元をボールから器に移してっと……これでよし。この器達をあっちに持っていくから手伝ってくれる？

「はいですの！」

レナちゃんと一緒に器を持って、邪魔にならないように厨房の端っこに行く。

そこに用意していた木箱に、アイスの元が入った器を並べていく。

「さあ、今からアイスクリームを作ります」

「ど、ドキドキしますの」

「ふふ、では……氷の粒よ結晶となれ〈ホワイトスノー〉」

ドワーフが用意してくれた遮断性が高い木箱に、白い氷を敷き詰めていく。

ちなみに、かなり魔力を込めたので、そうそう溶けることはない。

「わぁ……綺麗ですの」

「それはよかった。よし、これであとは三十分に一回混ぜるだけだ」

すると、俺達二人にもお呼びがかかる。

どうやら、食べる準備が整ったらしい。

お腹を空かせた俺達も、厨房から出て行くのだった。


厨房から出ると、すでにみんなが席に着いていた。

そして前回のことがあるので、みんなが静かに俺が席に着くのを待ってくれていた。

なので、俺達も真ん中に用意された席に座る。

そして、食事を始めるための言葉を発する。

「えー、お待たせしました。今回の食事会は、新しい仲間であるドワーフ族の歓迎会も兼ねてます。まだ作業自体はこれからって感じですが、英気を養って明日から頑張ってもらいたいと思います」

「おうよ！　それより腹が減ったぞ！」

「アンタは黙ってなさい！」

「ぐはっ⁉」

野次を入れたガルフさんを、ミルラさんがどついている。

二人共その手には、すでにエールが握られていた。

「「ははは！」」

「えー、この通り愉快な方々なので、皆さんも気軽に話しかけてくださいね。ここでは種族関係なく楽しく過ごせるようにしたいと思ってます。ちなみに、メニューは親子丼というもので、ご飯と一緒にかき込むように食べてください……それでは、いただきます！」

「「いただきます！！！」」

その合図でみんなが一斉に食べ始める。

かちゃかちゃと、あちこちで食器が触れ合う音がする。

ガルフさんは丼から顔を離し、声を上げる。

「つぁー！　こいつぁうめぇ！」

そんなガルフさんを、ミルラさんがたしなめる。

「アンタ！　ご飯粒を飛ばすんじゃないよ！　ただ……確かに美味しいわ！」

「んだな！　何より、人族の料理にしては、上品じゃなくていい！」

「言い方……でも、否定はできないわね。以前シュバルツ国の王都に行った時に、何やらコース料理とかって食べたけど肩が凝ったもの」

よしよし、やはり豪快な性格のドワーフにはこういう料理が正解だったか。

作法なんかを気にせずに、思い切り食べられるものが。

すると、アスナがものを喉に詰まらせる音が聞こえた。

「ング……！」

「お、お姉様！　お水を飲んでください！」

レナちゃんから水を受け取り、アスナがそれを飲む。

「ん！　……ごくごく……クレス！　美味しいわ！」

「そいつはどうも。ただ、気をつけてね？」

「わ、分かってるわよ！」

「クレス様、美味しいですの」

かたや優雅に食べ、かたや喉に詰まらせる食べっぷり……本当に姉妹なのだろうか？

いや、両方とも美味しそうに食べてるからいいけど。

「はぁー、お前に料理の才能があったとはな。いや、そうでもないか？　よく下町に行った時は、お前が美味いって店は大体美味かったし」

「ふふふ、そういうことだよ。俺の舌は庶民的だからね」

「いや、それはそれでどうかと思うが……まあ、いいや」

かかっと軽快な音を立て、アークも親子丼をかき込む。

どうやら、気に入ってくれたらしい。

「ほら、主人殿も食べますよ」

「うん。というか、待ってなくてもよかったのに」

「いえいえ、主人より先に私が食べるわけにはいかないですから。それにしても、いい色ですね」

「うん、そうだよね」

目の前には黄金色に輝く鶏肉の卵とじ、そして鼻に通る甘く濃厚な香り。

まさしく、理想的な親子丼がそこにあった。

転生して十五年、ようやく庶民の味方の親子丼を食べられる時が来た。

こっちでは卵は高級品だし、なかなか機会が巡ってこなかったし。

「さあ、私達も食べしましょう……美味しい」

「では、いただきます……うまっ！」

たっぷりの汁に浸った米と、甘くてやわらかなモモ肉がマッチしている。

卵は濃厚で深みがあって、素材がいいと下手な調味料はいらないって本当だった。

「これはご飯が進みますね」

「でしょ？　本当なら白米百パーセントがいいんだけど」

「そうですか、南にある騎士の国では、稲作が盛んだったかと」

「ふむふむ。それじゃ、次はそことの交流も考えていこうかな」

すると、レナちゃんが俺に目配せをする。

「どうしたの？」

「アレはいいんですの？」

「……そうだった！　用意しなきゃ！」

「はいですの！」

「主人殿、なんですか？」

「ちょっと待ってて！」

俺は急いで厨房に戻り、木箱をそっと開ける。

すると、冷えた空気が顔に当たって気持ちいい。

スプーンでほじると、シャリッという、いい音がした。

「ど、どうですの？」

「……とりあえず固まってるね。本当ならかき混ぜつつ、二、三時間は冷やすんだけど。まあ、今回はお試しだから食べちゃおうかな」

「では、すぐにお皿を用意しますの。みなさん！　小さい取り皿をありったけお願いします！」

「「はっ！」」

いつの間にか厨房の支配者……もとい、アイドルとなっているレナちゃんによって、料理人達が慌ただしく動いていく。

君達、めちゃくちゃやる気だね？

いや、別にいいんだけどね？

俺が言うより可愛い女の子の方がいいに決まってるし。

その後、どうにか全員分の皿を用意する。

流石に人数が多いので、一人当たり三口くらいで食べられる量しかない。

「わぁ……綺麗ね。これがアイス？　黄色くてツヤツヤしてる」

「おおー、すげーな。湯気は見たことあるが、冷気が見えるのは初めてだ」

「これは女性受けがよさそうですね」

「そうですの。きっと、貴族の方々に売れますわ」

皿に載せられたアイスを見て、アスナ、アーク、クオン、レナちゃんがそんな感想を述べる。

「まあ、とりあえず食べてみてよ。今回は、試食の意味合いのが強いから」

俺の声で全員が頷き、一斉に食べ始める。

そして一瞬だけ固まり……パクパクと無心で食べ進める。

そして、あっという間に完食した。

まず口を開いたのは、アスナだった。

「クレス！　革命だわ！」

「これうめぇぞ！」

「商品化ですの！」

アークとレナちゃんも、喜びの声を上げる。

「なるほど、悪くない反応。どれ、俺も……あまっ」

卵も牛乳も濃厚なのか、砂糖を少なめにしたのに甘い。

嫌な甘さではなく、素材の本来の優しい甘さだ。

むしろ、砂糖がなくてもいいかもしれない。

「まあ、悪くはないが……パンチが足らん」

「何言ってんだい！　美味しいじゃないの！」

「なるほど、ドワーフの男性にはウケないと。基本的には女性受けがいいって感じか」

そうなると、男性向けのデザートも何か考えとくか。

すると、それまで黙っていたクオンが俺の服をくいくいと引っ張る。

振り向くと、何やら少し視線を下げて恥ずかしそうにしていた。

「あの……主人殿、これおかわりは？　その、めちゃくちゃ美味しいです」

「ははっ、気に入ってもらえて何よりだよ。ただ、今回はおかわりはないかな」

「そうですよね……」

耳と尻尾がしょんぼりして、ちょっと可愛い。どうやら、相当気に入ったらしい。

でも、クオンがわがままを言ってくれるのは嬉しいね。

「それじゃあ、また取りに行こうか？　そしたら、また一緒に食べよ？」

「主人殿……はい、また行きましょう」

「約束だからね。だから、勝手にどこかに行かないこと。俺は自分勝手でわがままだから、クオンがいなくなることを許しません」

「はい……これからもあなたのお側に」

そして、ふと顔を上げるとみんなの笑顔が目に入る。

獣人、ドワーフ、人族、庶民とか貴族とか王族とか関係なく、みんなが幸せになる。

たぶん、これが俺の目指している風景だ。

これからもみんなと一緒に、こうやって仲よくしながら開拓を進めていければいいと思う。

目指せ、自由気ままなスローライフってね。

◆　◆　◆

……そう、あの子が辺境ナバールに行ったのね。

第一王女としての仕事で各地に視察に行っていて、今さらそれを知った私は王都へと帰還する。

そして、休憩もしないままお父様に会いに行く。

一刻も早く、この気持ちを伝えるために。

「お父様、ただいま戻りました」

「カルラ、帰ったか。相変わらず、気配がない奴じゃ。というか、無表情で怖いのだが……」

「ほっといてください。それで、私に黙って何をしたのです？」

私は昔から気配と表情が薄く、それゆえに、王女らしくない仕事をしてきた。

諜報活動、現地調査、隠密行動など。

別に、それ自体は気にしていない。

ただ、今回のことには怒っている。

「何って、なんの話だ？」

「クレスの件です。追放されるなど、私は知りませんでした」

「い、いや、あれは急に決まってな……そもそも、知ってどうする？　お主は、クレスに興味がないだろうに」

「それとこれとは話が別かと。私に情報が回ってこないのはおかしいです」

私は各国の内情や、自国の反乱分子を調べる仕事をしている。

そもそも、この人は何を言っているのだろう？

私はクレスのことをあんなにも可愛がっていたのに。

「それは仕方がないだろうに。お前さんがどこにいるのか、こちらも把握しきってないのだ。だったら、もっと定期連絡をだな……」

「それはすみませんでした。なので、今回は行き先を伝えようと思います」

「う、うむ？」

「私は、辺境の地ナバールに行きます。そして、クレスの様子を見てきます」

せっかく、久々に王都に戻ってきたのに会えてない。

頑張ってお仕事して、あの子に会えるのを楽しみにしてたのに。

それに、亡きあの方の頼みごとだもの。

「なに？　……まあ、確かに気になるところではある。あちらには公爵家の姫達も行っているし、何かあったら……私の首すら危うい」

「あそこの父君は娘達を溺愛してますものね、どっかの国王陛下と違って」

「相変わらず辛辣《しんらつ》じゃな。私とて……いや、言い訳になるか」

「別に恨んでもいないし、いいのです。それが、国王という生き物なのは理解してますので。とにかく、私は行ってきます」

「分かった、許可しよう。幸い、今のところ平和が続いておる。ついでと言ってはなんだが、ここらで休暇を取るといい」

「ありがとうございます。それでは仕事の引き継ぎが終わり次第、ナバールに参ります」

フフフ……休みなんて何年振りかしら。

ようやく、可愛いクレスに会えるわ。

クレス……お姉ちゃんが行くから待っててね？

いずれ最強の錬金術師？
SOMEDAY WILL I BE THE GREATEST ALCHEMIST?
1~16
小狐丸
KOGITSUNEMARU
シリーズ累計(電子含む)100万部突破!
2025年1月ついに
TVアニメ化!!
コミックス
1～7巻
好評発売中!
いずれ最強の錬金術師？
小狐丸
聖剣から空飛ぶ船まで、何でも造れる
最強スキル
錬金術!!
……僕、のんびり暮らしたいだけなんだけど
1～16巻
好評発売中!
勇者召喚に巻き込まれ、異世界に転生した僕、タクミ。不憫な僕を哀れんで、女神様が特別なスキルをくれることになったので、地味な生産系スキルをお願いした。そして与えられたのは、錬金術という珍しいスキル。まだよくわからないけど、このスキル、すごい可能性を秘めていそう……!? 最強錬金術師を目指す僕の旅が、いま始まる!
いずれ最強の錬金術師？
1
原作 小狐丸
漫画 ささかまたろう
最強の生産スキル
錬金術発動
10万部突破!
●16巻 定価:1430円(10%税込)
1~15巻 各定価:1320円(10%税込)
●Illustration:人米
●7巻 定価:770円(10%税込)
1~6巻 各定価:748円(10%税込)
●漫画:ささかまたろう B6判

異世界ゆるり紀行
子育てしながら冒険者します
1~15
水無月静琉
Minazuki Shizuru
シリーズ累計110万部(電子含む)突破!!
2024年7月
TVアニメ放送開始!!
(テレ東・BSテレ東ほか)
1~15巻好評発売中!
コミックス1~8巻好評発売中!
子連れ冒険者ののんびりファンタジー!
神様のミスで命を落とし、転生した茅野巧。様々なスキルを授かり異世界に送られると、そこは魔物が蠢く森の中だった。タクミはその森で双子と思しき幼い男女の子供を発見し、アレン、エレナと名づけて保護する。アレンとエレナの成長を見守りながらの、のんびり冒険者生活がスタートする!
異世界ゆるり紀行 子育てしながら冒険者します
水無月静琉
転生したら、双子を保護しました。
子連れ冒険者の異世界のんびりファンタジー!
異世界ゆるり紀行 子育てしながら冒険者します
水無月静琉
みずなともみ
転生したら、幼い双子を保護しました。
◉各定価:1320円(10%税込) ◉Illustration:やまかわ ◉漫画:みずなともみ B6判 ◉各定価:748円(10%税込)

この作品に対する皆様のご意見・ご感想をお待ちしております。
おハガキ・お手紙は以下の宛先にお送りください。

【宛先】
〒 150-6019 東京都渋谷区恵比寿 4-20-3 恵比寿ｶﾞｰﾃﾞﾝﾌﾟﾚｲｽﾀﾜｰ 19F
（株）アルファポリス　書籍感想係

メールフォームでのご意見・ご感想は右のＱＲコードから、
あるいは以下のワードで検索をかけてください。

アルファポリス　書籍の感想　検索

ご感想はこちらから

本書は Web サイト「アルファポリス」（https://www.alphapolis.co.jp/）に投稿されたものを、
改題、改稿、加筆のうえ、書籍化したものです。

自由《じゆう》を求《もと》めた第二王子《だいにおうじ》の勝手気《かってき》ままな辺境《へんきょう》ライフ

おとら

2024年　5月　31日初版発行

編集－高橋涼・村上達哉・芦田尚
編集長－太田鉄平
発行者－梶本雄介
発行所－株式会社アルファポリス
〒150-6019 東京都渋谷区恵比寿4-20-3 恵比寿ｶﾞｰﾃﾞﾝﾌﾟﾚｲｽﾀﾜｰ19F
TEL 03-6277-1601（営業）　03-6277-1602（編集）
URL https://www.alphapolis.co.jp/
発売元－株式会社星雲社（共同出版社・流通責任出版社）
〒112-0005 東京都文京区水道1-3-30
TEL 03-3868-3275
装丁・本文イラスト－ゆのひと
装丁デザイン－AFTERGLOW
印刷－中央精版印刷株式会社

価格はカバーに表示されてあります。
落丁乱丁の場合はアルファポリスまでご連絡ください。
送料は小社負担でお取り替えします。

ISBN978-4-434-33767-3 C0093